특별한 인연

특별한 인연

글·그림 _ 마순연

발　행 _ 2015년 7월 10일

펴낸곳 _ 수필미학사
펴낸이 _ 신중현

등록번호 _ 제25100-2013-000025호
등록일자 _ 2013. 9. 2.

대구광역시 달서구 문화회관11안길 22-1(장동)
전화 _ (053) 554-3431, 3432　팩시밀리 _ (053) 554-3433
홈페이지 _ http://www.학이사.kr
이메일 _ hes3431@naver.com

ISBN _ 979-11-85616-80-3 03810

특별한 인연

마순연 수필집

수필미학사

주부는 꽤 질기고도 눈치가 빠르다.

잠시 곁눈질에도 어느새 두 발목을 잡고 놓아주지 않았다.

싸움을 걸어본다. 항상 지는 건 내 쪽이었다.

시계의 시침이 제자리 돌기에 지칠 때쯤, 주부의 편에서 내 쪽으로 기울기 시작했다.

시계의 변심이다. 아니 그건 긴 기다림이 있었기 때문이다. 억척스레 주부 편에서 나를 옥죄이더니.

주부의 품 안에서도 바람이 일기 시작했다. 햇볕과의 조우다. 집 밖의 햇살이 더 아름답다는 걸 알았다.

기세등등하던 주부도 기氣가 약해졌다. 그때를 놓치지 않고 탈출을 시도했다. 나는 주부에게 동행을 청했다.

처음 글쓰기 포럼에 나가던 날 두려움에 서로 위로하고, 설렘에 두 손을 잡았다.

주위 사람들의 초롱초롱한 눈빛에 주눅이 들었다. 그때 주부가 진즉에 네 갈등을 알고도 모르는 척 발목 잡은 것을 미안타 한다.

나는 주부의 손을 잡고 괜찮다고, 늦었다고 생각될 때가 빠른 것이라고 했다.

육십이 되기 전에 글쓰기를 시작해서 다행이다. 글쓰기는 그리 만만한 것이 아니었다. 나는 주부의 눈치를 보기 시작했다. 그의 품에서 자유로우면 무엇이든 야무지게 할 줄 알았다. 허둥대는 내게 주부는 첫술에 배부를 리 없으니 침착하라고 위로한다.

늘 외로움을 탔다. 그래서 내 이야기를 들어 줄 사람을 찾아 나서다가도, 오히려 그 방황이 더 큰 외로움을 만들지 않을까 내성적인 성격의 나로서는 두렵기도 했다.

책이나 이웃에서 남의 삶을 엿보며 위로를 받기도 하지만, 꾹꾹 누르고 참아 왔던 내 안의 것들에 대해 수다를 떨듯 무슨 말이든 내뱉고 싶었다.

책 쓰기 포럼 수업을 듣는다.

이제 한 걸음일지언정 걸음을 뗀 것과 멈춰 있는 것은 전혀 다를 것이다.

인생은 육십부터라는 말도 있지 않은가.

2015년 7월

마 순 연

· 차 례

책을 펴내며 | 4

1부   마늘장아찌

어떤 동거 | 13
봄의 왈츠 | 17
우리 그대 | 21
마늘장아찌 | 24
그 쓰잘데기 없는 것 | 28
식탁 위의 쟁론기 | 31
오페라 '미역국' | 35
햅쌀밥 | 39

2부 서로에게 길을 묻다

목련 | 45

항변 | 50

풀 향기 그리우면 | 53

서로에게 길을 묻다 | 56

그 집 | 60

홈쇼핑 | 64

인간 로봇 | 68

웃음 보약 | 72

3부 오후 다섯 시와 여섯 시 사이

골목길 투어 | 79

선산과 수수떡 | 84

여자(남자) 친구와 왜 헤어졌나요 | 88

오후 다섯 시와 여섯 시 사이 | 92

무논에 서서 | 94

병아리에 대한 애상 | 98

오! 내 새끼 | 103

그 길에는 | 106

4부 아버지의 꿈

로마에 가면 로마법을 | 111

특별한 인연 | 115

밥 한 그릇도 | 118

코리안 드림은 끝나지 않았다 | 121

태백 눈 축제 | 125

아버지의 꿈 | 128

눈 | 132

공원의 하루 | 135

5부 스마일 앙코르

이름 값 | 141

지지리 복도 없지 | 145

원 달러 | 149

이사 풍경 | 153

스마일 앙코르 | 156

노을 | 159

군자란 이사하다 | 162

김장하는 날 | 166

수필론
일상의 언어로 직조한 삶의 순수성 · 여세주 | 171

1부
마늘장아찌

어떤 동거

"맹장염입니다. 당장 수술을 해야 합니다."

아침부터 속이 더부룩하고 가슴이 답답했다. 소화제를 먹고 괜찮
겠지 했다. 오후에 문화센터를 다녀올 때는 오른쪽 배가 아팠다. 혹
시 맹장염이 아닐까 생각하며 병원에 들렀다. CT를 찍었다. 맹장의
끝이 곪았고 대장에도 돌인지 혹인지가 있어 부었다고 한다. 수행
을 많이 하신 스님들은 많은 사리를 몸에 품고도 정정한데 업이 많
은 나는 작은 혹 하나에도 이리 온몸이 찢기듯 통증이 온다. 업보니
라. 금생에 지어 내생에 받는다는 업을 내가 짓고 내가 받으니 다행
이다.

병실로 올라오니 옆 침대에 할머니 한 분이 계셨다. 팔순이 훨씬
넘었다고 했다. 연세보다는 젊어 보인다고 했더니 좋아 하신다. 할

머니는 대상포진으로 입원했다고 한다. 무척 아프다고 했다. 몸의 좌우 한쪽 신경에 포진 바이러스가 감염되어 일어나는 병이란다. 저녁이면 할머니는 끙끙 앓았다. 항생제와 진통제를 링거와 함께 팔에 달고도 아프단다. 나도 덩달아 더 아픈 것 같았다.

"아이구, 어서 죽어야지. 잠자듯이 가면 오죽 좋을까. 하루저녁 방값이 얼만데……"

"아줌마요. 이 방이 2인 실이라 저 8인 실보다 마이 비싸지요?"

아침부터 할머니는 혼잣말처럼 쯧쯧 혀를 찬다. 할머니의 아들은 건설 현장에서 막노동을 한다고 했다. 겨우 하루 임금이 몇만 원에 불과한데 그 힘든 일을 해서 벌어온 돈을 병실비로 나간다고 생각하니 몸 아픈 것보다 마음 쓰이는 게 더 힘든 모양이었다.

저녁에 아들이 왔다.

"야야, 힘들었지. 내가 빨리 나아야 할 텐데 나을 기미가 안 보인다. 이넘의 병은 시간이 오래간단다. 하루 이틀도 아니고. 그러니 병실을 옮기자."

"그냥 계시라니까요?"

아들은 한마디 툭 던지고 휙 병실을 나가 버린다. 그리고 나면 할머니는 밤새도록 끙끙 앓는다. 아침이 되면 어제 했던 말을 다시 중얼거린다.

차라리 방을 바꾸어 주면 할머니의 마음이라도 편치 않을까. 의

사가 회진을 돌 때도, 틈틈이 간호사들이 체크하러 올 때도 오로지 할머니의 관심은 병실을 바꾸자는 것이었다. 그러나 병원 측에서는 보호자의 동의가 있어야 된다고 한다. 할머니의 속이 얼마나 답답할까. 저녁에 아들이 왔다.

"할머니는 몸의 병보다 마음이 더 아픈 것 같네요? 아드님 하루 일당이 병실 값이라며 안절부절못하고 계세요."

아들에게 이런 말을 건넨 것은, 이참에 할머니가 방을 옮기는 것도 괜찮다 싶은 생각에서였다. 내심으로는 매일 같은 말을 듣는 것도 힘들고 할머니 앓는 소리에 도통 잠을 잘 수가 없었기 때문이었다.

내 말을 가만히 듣고 있던 아들이 갑자기 휙 병실을 나가 버렸다. 순간 나도 당황스러웠다. 괜한 말을 했구나 싶어 후회스럽기도 했다. 한참 후에야 아들은 막걸리 한 병을 들고 병실로 들어왔다.

"엄마, 여기가 그리 가시방석이가? 잠귀 밝은 엄마가 여럿이 있는 병실에 가면 많은 사람이 드나들어서 잠을 못잘 것 같아 저녁에 잠이라도 편히 주무셨으면 하는 아들의 맘을 그리도 모르겠나?"

컵에 막걸리를 부어 벌컥벌컥 마신다. 아들도 나이가 쉰은 넘어 보였다. 할머니는 아들의 손을 꼭 잡았다.

"알지. 내가 왜 니 맘을 모르겠노. 네가 고생하는 것이 안돼서 그렇지."

"엄마가 걱정하는 것보다 내 힘들지 않다. 내가 엄마한테 이 정도도 못 해주는 아들이었나. 아이다, 아이다……."

두 모자는 서로 손등을 토닥여 주었다. 그날 밤에는 할머니의 앓는 소리가 잦아들고 가끔 코 고는 소리도 들렸다.

봄의 왈츠

청산도에 갔다. 유채꽃과 청보리가 봄을 두레박질해 놓았다. 진
도아리랑이 유채꽃 사이로 흐른다. 수목이 물관으로 연초록을 퍼
올리듯 덩실덩실 절로 어깨가 들썩여진다.

길을 따라 오르면 배우 오정혜와 김명곤의 목청이 구성지게 가락
을 넣고 있는 서편제 영화 촬영지다. 그렇게 한참 길을 오르다 보
니 그림 같은 예쁜 이층집이 보였다. 눈에 익다 싶어 가까이 가 보
았다. 몇 년 전 '봄의 왈츠'란 드라마 세트장이었다. 주연 배우의 모
형이 대문 앞에서 웃으며 맞이했다. 집안으로 들어가니 드라마 촬
영 당시를 재현해 놓고 있었다.

오래된 드라마의 기억이 띄엄띄엄 기어 나왔다. 남녀 주인공은

어린 시절 섬에서 자랐다. 유채꽃이 흐드러지면 거기서 숨바꼭질도 하고 청보리 밭 사잇길을 뛰어다니기도 했다. 그러나 섬은 늘 가난하고 궁핍했다. 남자 주인공은 뭍의 어느 부잣집에 입양되어 피아노를 배우고 외국 유학을 다녀왔다. 여자 주인공도 도시로 나가서 예쁜 아가씨로 변해 있었다. 드라마라서 그런지 우리의 삶이 그런지, 주인공은 서로 인연이 되어 만나고 사랑을 하고, 어느 날 잊었던 기억을 떠올린다. 섬을 찾아가서 추억에 잠긴다. 남녀 주인공이 유채꽃 길을 걸어가고 봄바람은 청보리를 흔들고, 피아노에서는 왈츠 곡이 흐르는 풍경이 아름다운 청산도를 알리는 데 큰 몫을 했었다.

어린 시절 고향에도 봄이면 온 들녘이 청보리 밭이었다. 지금은 양파랑 마늘, 고추 등으로 수익이 되는 농산물을 재배하지만, 그때는 양식이 모자라는 시절이었다. 봄에는 보리를 심고, 가을에는 벼를 추수하여 가족의 식량으로 충당했다. 많은 식구에 비해 양식은 언제나 부족했다.

사내아이와 여자아이는 옆집에 살았다. 둘은 같은 반 짝꿍이기도 했다. 학교가 끝나면 언제나 껌 딱지처럼 붙어서 뒷산으로 보리밭으로 다니면서 꽃을 따고 깜부기를 먹었다. 까맣게 변한 입술을 보며 서로 손가락질해 가며 까르르 목젖 넘어가는 웃음을 웃어 대곤 했었다. 소 풀을 뜯으러 가면서 냇가 늘어진 버드나무 가지를 잘라

버들피리를 만들어 여자아이는 피리를 불고 사내아이는 휘파람을 불었다. 옆에서 바람이 가만가만 까치발로 다가가 늘어진 버드나무 가지 위에 앉는다.

어느 날 사내아이가 진달래꽃을 한 아름 꺾어와 여자아이에게 주고는 줄행랑을 쳤다. 다음 날 아침 옆집에서는 온 동네 사람들이 와서 이삿짐을 차에 싣느라 부산하게 움직였다. 사내아이의 큰아버지가 서울에서 큰 공장을 하는데 사업이 잘되어 동생네 식구들을 서울로 데려간다고 했다. 동네 어른들은 이제 고생 끝났다며 모두 부러워하였다. 여자아이는 대문 뒤에 숨어서 이삿짐 차가 동네를 빠져나갈 동안 그렇게 서 있었다.

추석에 성묘를 지내려고 사내아이와 그 사촌들이 왔다. 사내아이는 옛날 시골 아이가 아니었다. 멋진 양복을 입고 구두까지 신고 동네어른들에게 인사를 하러 다녔다. 여자아이는 반가워서 사내아이에게 웃으며 다가갔지만 사내아이는 모르는 체 눈길도 주지 않고 사촌들과 노닥거리며 지나가 버렸다. 여자아이는 검정고무신에 무릎이 튀어나온 짧은 바지, 엄마의 스웨터를 줄여서 만든 헐렁한 윗도리, 집에서 엄마가 가위로 자른 바가지 머리, 이런 자신의 모습이 너무 창피해 방안에서 사내아이가 서울로 돌아갈 때까지 나오지 못했다.

초등학교 동창회 모임이다. 식당이 온통 시끌벅적하다. 체면도 명예도 없는 딱 초등학생 그 자체였다. 갑자기 회장의 우렁찬 목소리가 울려 퍼졌다. "반가운 친구를 소개하겠습니다. 우리와 같이 졸업은 못 했지만 오학년까지 우리와 함께 공부했던 친구입니다." "안녕하세요, ㅇㅇㅇ입니다. 친구들과 같이 입학은 했지만 오학년 때 서울로 전학을 갔습니다. 여러분과 함께 졸업을 못 한 게 항상 아쉬웠습니다."

여자의 가슴에서 쿵 하고 돌 하나 떨어지는 소리가 들렸다. 남자는 친구들 하나하나에게 돌아다니며 악수를 했다. 여자의 앞에 서서 남자가 손을 내밀었다. 여자도 태연한 척 손을 내밀었다. 남자는 "오랜만이네, 반가워, 가끔 네 생각이 났어."라고 했다.

남자의 큰아버지는 사업이 잘 되자 인도네시아로 사업체를 늘리다가 잘못되어 완전 파산을 하고 말았다. 결국, 식구들이 흩어지고 고향 동네로 다시 들어오기가 민망하여 고향 가까운 도시에서 살고 있다고 했다. 남자의 머리는 이미 반백이 되었고 옛날의 그 키가 그대로였다. 그땐 키가 전교에서 제일 컸었는데, 지금은 작달막하고 삐삐 말라서 더 작아 보였다.

여자는 저녁 식사 내내 어떤 시선을 느꼈지만 태연한 척, 모른 척 옆 친구들과 수다 삼매경을 연출했다. 뒤끝 있는 여자거든.

우리 그대

전화기 벨이 울린다. 손위 시누이 낯빛이 심상찮다. 얼마 전 인기리에 방영된 텔레비전 드라마의 남자 주인공이 휴대폰 화면에서 환하게 웃고 있다. 드라마 '별에서 온 그대'를 보다가 도민준의 팬이 되고 싶어 그의 사진을 내 휴대폰 앞면에 저장했다. 전화가 울리면 그가 먼저 하얀 이를 드러내고 웃어준다.

시댁 제삿날이다. 시댁이 종손이라 제관이 많다. 제사 음식 장만하랴, 멀리서 오는 종반들과 당숙 어른들 저녁상까지 준비하느라 정신이 없었다. 아까부터 전화벨이 울렸지만 받을 상황이 아니어서 그냥 두었다. 몇 번을 더 울리니까 시누이가 전화기를 갖다 주며 내 얼굴을 빤히 쳐다봤다. '우리 그대'라는 글씨와 함께 도민준이가 환하게 웃고 있었다. 남편의 전화였다. 마침 출장 중이라 제사에 참

석 못 하게 됨을 큰 아주버님께 인사차 드리는 전화를 시숙 전화가 통화 중인 관계로 내 전화로 한 거였다.

　며칠 뒤, 시누이가 남편에게 저녁을 먹으러 오라고 했단다. 나도 같이 갈까 했더니 자기 남매끼리만 저녁 먹기로 했다고 한다. 그날 저녁 시누이는 남편에게 사업상 출장도 가야 하겠지만, 어지간하면 긴 출장은 자제하고 퇴근도 일찍일찍 하라고 했다. 사업도 중요하지만 가정이 더 중요하다며 가정이 안정되지 않으면 밖에서 하는 일도 불안하거니와 자칫 잘못하다간 인생도 불행해진다고 하였단다. 느닷없는 시누이 말에 의아한 남편이 누나가 뭣 때문에 그런 말을 하는지 모르겠다고 한다. 그제야 제삿날 전화기를 넘겨주며 낯빛이 흐렸던 시누이 얼굴이 떠올랐다.

　남편에게 내 전화기로 전화를 해 보라고 했다. 생뚱맞은 표정을 짓는다. 전화가 울리고 내 전화기를 보여 주었다. 우리 그대는 뭐고 이 남자는 누구야 . 제삿날 시누이가 내 전화기를 받은 이야기와 드라마 주인공 이야기를 했더니 남편은 어이없다는 듯이 그 나이에도 그러고 싶냐며 쯧쯧 혀를 찬다.

　'내 나이가 어때서'라는 대중가요가 한창 유행이었다. 연예인을 좋아하는데 나이 제한이 있을 리 없다. 한참 오래전 '겨울 연가'란 드라마 주인공의 열렬 팬은 일본 아줌마들이었다. 뉴스에까지 나올 정도로 난리 난 일이 있었다. 그때는 뭐가 저렇게도 좋을까 생각했었다. 일본 아줌마들이 한국 연예인을 좋아해 주고 돈도 많이 써 주는 걸 보면서 그냥 고맙긴 하지만 저런 게 참 이해 안 된다고 생각한 적도 있었다. 그 당시 어떤 매체에서는 욘사마 열풍이 '소외된 일본 아줌마 세대의 반란'이라고까지 했다. 특히 개인주의가 팽배한 일본문화산업의 빈 공간을, 한국 드라마가 일본 아줌마들의 순수했던 옛날을 자극했기 때문이었다고도 했다.

사람들이 연예인을 좋아하는 이유도 여러 가지가 있다. 자기가 좋아하는 것에 열정을 쏟아 부어 정서적으로 만족감을 느끼기 때문이다. 특히 아줌마들은 자식들 키워놓고 허전하고 쓸쓸한 마음을 연예인을 통해 위로 받고 싶어서이다. 같은 스타를 좋아하는 사람들과의 소통은 즐거움이자 세상과의 연결 고리이다. 그래서 스타에 더 빠져드는지도 모른다. 우연히 노래를 듣다가 노래에 위로를 받고 그 가수가 좋아지는 경우도 있다.

누군가의 팬이 된다는 것은 설렘 이상의 많은 감정과 헤픈 웃음을 준다. 전화가 울릴 때마다 그의 웃는 모습이 나를 웃게 한다.

시누이를 만났다. 형님 저에게 전화 한번 해 보세요. 웬 전화는? 얼른요. 전화벨이 울린다. 도민준이 하얀 이를 드러내고 웃고 있다. 전화기를 시누이에게 내민다. 이 남자 아직도 안 지웠네. 형님 이 사람 본 적 없어요. 텔런트잖아요, 요즘 한창 뜨는….

자네도 참, 팔순의 여인이 허허롭게 웃으신다.

마늘장아찌

'에미야, 벌써 김장할 때가 되었구나. 그래서 마늘을 택배로 부쳤다. 햅쌀도 함께 보냈으니 묵은쌀 먹지 말고 햅쌀로 해 먹거라.' 띠리리~~ 친정어머니의 문자 메시지가 뜬다. "감사합니다. 역시 우리 집 마늘이 김치 맛을 깔끔하게 하지요. 쌀도 윤기가 좌르르 하고요. 잘 먹겠습니다." 나의 너스레에 팔순의 부모님은 계절마다 농산물을 보낸다. 하얀 쌀밥에 마늘장아찌 올려 먹으면 맛있겠다.

지난여름에도 시골 부모님께서는 마늘을 보냈다. 마르기 전에 장아찌를 담으라고 했다. 거실에 신문을 깔고 마늘을 깐다. 칼로 뿌리를 자르고, 하나하나 껍질을 벗긴다. 칼에 잘린 마늘에서 매운 냄새가 눈과 코를 쏜다. 손끝도 얼얼하다. 흙이 들어가 손톱이 까맣다.

무릎도 저리고, 허리도 뒤틀린다. 간장, 식초, 설탕, 물을 비율에 맞춰 끓인다. 집안에 시큼한 간장 냄새가 난다. 모든 창문을 열어 놓는다. 끓인 것을 뜨거울 때 씻어 놓은 마늘에 붓는다. 3~4일이 지난 뒤 물을 따라서 다시 끓이고 식혀서 마늘에 붓기를 두서너 번 더 한다. 그러면 두고두고 밑반찬으로 잘 먹을 수 있다. 아버지는 막걸리 안주로도 좋아하셨다.

통마늘 껍질 속에 여러 쪽의 마늘이 옹기종기 엉겨 있다. 여섯 자식을 품에 안은 어머니를 닮았다. 어떤 날은 개구쟁이 둘째가 벌집을 건드려 벌에 쏘여 퉁퉁 부어서 들어왔다. 요즘처럼 병원이 가까이에 있는 것도 아니고 몇십 리를 가야 겨우 하나 있었는데 저녁이면 의사도 퇴근하고 없었다. 어머니는 맨발로 장독대에 가서 된장한 사발과 밀가루를 버무려 부어오른 어깨, 목, 머리 뒤통수에 썩썩 발라 준다. 그리고 밤새 벌 독 빠지기를 애간장 타게 빌었다. 천방지축 막내가 온종일 밖에서 잘 놀다가 잠자리에서 온몸이 펄펄 끓어올라 끙끙 앓는다. 어머니는 쏜살같이 부엌으로 가서 차가운 물한 바가지와 뭉텅한 식칼을 물독 항아리 전에 쓱쓱 간다. 막내의 머리카락 몇 올을 자르며 머리에 앉은 귀신, 침 세 번 뱉으라 하고 입으로 들어간 귀신 , 낮에 입었던 옷가지에 붙어 있는 귀신들을 칼로 벤다. 바가지 물에 칼을 휘휘 저어서 대문 밖으로 있는 힘을 다해

던지며 썩 물러가라고 호통을 치며 객귀를 물리곤 했다. 그런 다음 날 아침이면 막내는 천방지축 온 동네를 헤집고 다녔다.

늦가을에 마늘 한 쪽이 땅에 심어진다. 땅속에서 추운 겨울을 맨몸으로 견디며 뿌리를 내린다. 봄이 되면 싹을 틔우고 자식을 만든다. 새로운 마늘이 터를 잡으면 씨 마늘은 마른 껍질만 남는다. 새 생명의 울타리가 되고 영양분이 된다. 어머니가 자식들의 울타리가 되고 자양분이 되듯이. 마늘은 나른한 봄 햇살에 쏟아지는 졸음을 쫓으며 곁가지를 세워 봄바람에 휘둘리지 않는 꿋꿋함을 키운다. 뜨거운 여름 갈증조차 잊고 더위를 온몸으로 버틴다. 한여름의 열기가 튼튼한 마늘이 되고 매운맛을 내게 한다.

여름에 담근 마늘장아찌를 꺼내본다. 여섯 남매를 키운 어머니의 속도 마늘장아찌만큼 검게 물들었을 것이다. 자식들 머리맡에 앉아 잠 못 이룬 날은 얼마이며, 행여 저 자식들 마음 다치지는 않을까, 학교에서 무슨 일은 없을까, 조금 더 자라면 사회생활 적응은 잘할까, 이성 때문에 마음 아파하지는 않을까, 언제나 노심초사했을 그 마음이 오죽했을까?

마늘장아찌가 검게 물든 것만은 아니다. 고우면서도 윤기가 돈다. 긴 인고의 시간을 견딘 맛이 새콤하고 달콤하다. 한 알을 입에

넣고 오랫동안 그 맛을 음미한다. 어머니의 모습과 맛도 이럴 것
이다.

그 쓰잘데기 없는 것

꼭 멀대같다. 남자는 등을 구부리고 주저앉아서 기계를 고치고 있다. 주차 타워의 바닥을 내려다보고 점검을 하느라 겨울 날씨인데도 땀을 뻘뻘 흘리고 있다. 차라리 키라도 작았으면 덜 힘들 것 같아 보였다. 긴 허리와 등이 포물선을 긋는다. 지나가던 지인이 남자에게 키가 얼만교 하고 묻는다. 남자는 씩 웃으며 187입니더. 말라서 더 커 보인다 카데예. 칠 센티만 내한테 파소. 지인의 뜬금없는 말에 남자는 놀란 토끼 눈을 한다. 내가 나서서 말을 건넨다. 나도 팔 거 있는데요? 뭔데요? 내 살요. 많이는 말고 한 오 킬로그램만 사 가이소. 채 말이 끝나기도 전에 그는 됐습니더 마, 쭉쭉 잘 빠진 사람들도 살이라면 치를 떠는데, 그 쓰잘데기 없는 것을 뭐하게.

시댁에 처음 인사 갔을 때 시어른들은 통통하니 복스럽다고 좋아했다. 밥을 맛있게 먹는 것을 보고는 우리 집에 복덩이가 들어왔다고 했었다. 요즘 미의 기준이 44사이즈라고 한다. 딸아이는 자기가 모태 비만이라며 엄마 탓이란다. 66사이즈도 빅 사이즈로 넘어가서 옷가게에서 55사이즈를 찾으면 창피하다고 한다. 그러면 나는 딸아이에게 공부할 나이에는 에너지가 축적될 공간이 필요하고, 네 몸은 지혜와 지식이 공존하고 이성과 감성이 머무는 늪을 품은 공간을 가진 몸이라고 하면 딸아이는 무슨 궤변이냐며 펄쩍 뛴다.

길거리의 젊은 여자들의 다리가 내 팔보다도 가늘다. 날씬한 옆집 새댁은 아이 병원 갈 때마다 친정엄마를 부른다. 엄마가 못 올 때는 남편이 직장에서 잠깐 외출을 해야 한다. 새댁 혼자 아이를 데리고 병원 다니기가 힘에 부친다고 한다.

한때는 통통한 여성이 미인으로 대접받던 시대도 있었다. 농경시대에는 다산과 풍요가 사회적 욕구였다. 사람이 곧 노동력이었기에, 그 시대의 여성은 아이를 잘 낳을 수 있는 풍만한 엉덩이와 배, 그리고 큰 가슴을 가진 여성이 아름답다고 했다. 그리스 시대에도 미의 여신 아프로디테와 같은 풍만한 여성이 오랫동안 이상형의 자리를 지켜왔다. 마릴린 먼로는 '내가 말랐을 때는 남자들이 거들떠보지도 않았다'라고 말했다. 그때까지만 해도 살찌우는 약이

광고로 나올 정도였다니, 지금 여자들은 상상이나 하겠는가. 움베르토 에코는 그의 저서 《미의 역사》에서 '아름다움이란 절대 완전하고 변경 불가능한 것이 아니다, 역사적인 시기와 장소에 따라 다양한 모습을 가질 수 있다는 원리에서 출발한다.'라고 했다.

너무 마른 체형도 문제지만 비만도 싫다. 비만은 건강을 해치기도 하고 맵시를 흩트리기도 한다. 나의 다이어트는 평생 숙제이다. 숙제의 폭은 좁아질 기미가 안 보인다. 어떤 패션모델이 심한 다이어트로 거식증이 와서 고생하는 것을 보고 패션 디자이너 앙드레김은 너무 마른 모델은 안 쓰겠다고 한 적이 있었다. 한때는 국제적으로도 과도하게 마른 모델의 패션쇼 출연을 규제하려는 움직임도 있었다. 아무리 고급스럽고 세련된 옷이라도 해골바가지 같이 마른 모델이 입으면 그 옷을 나는 사고 싶지 않을 것 같다. 이런 나와는 상관없이 옷의 치수는 숫자가 자꾸 내려가는 것을.

우리 어머니가 지금 시내 거리에서 걷고 있는 아이들을 본다면, "쯧쯧, 저 몸으로 얼마나 제대로 낳아 키우겠나." 하시겠다.

식탁 위의 쟁론기

　수저들이 봄볕에 나른하다. 식구들이 봄을 타는지 입맛이 없단다. 만사 제치고 재래시장에 갔다. 싱싱한 봄나물들을 직접 캐 와서 바구니에 담아놓고 팔고 있는 할머니의 손톱 밑이 거칠게 갈라져 있다. 막 땅을 뚫고 오르는 새순을 캐느라 돌을 들어내고, 묵은 가지들을 치우고, 때론 갈라진 땅을 덮어 주어 땅속의 느린 새싹이 눈이 부시지 않게 꼭꼭 눌러도 주었을 그 손에서는 봄 향기가 났다. 옆에 쪼그리고 앉아 할머니에게 봄나물 요리법을 배웠다.

　저녁 식탁에 새콤달콤하고 고소한 향기가 가득하다. 콩나물이 눈이 휘둥그레졌다. 낯익은 이들은 없고 다들 초면이라 분위기가 썰렁하다. 터줏대감인 콩나물이 먼저 인사를 한다.

"반가워요, 나는 일주일이면 다 자란다우. 사람들이 술 마신 뒤 꼭 나를 찾아 국을 끓여 먹고는 시원하다고 야단이지요. 뿌리에 있는 아스파라긴산이 숙취에 좋고, 신진대사를 촉진해 알코올 분해를 잘 한다나 뭐, 그래서 요즘에는 술 회사에서 아예 술 안에 넣고 만들더라고요. 지난겨울에는 감기 몸살에 비타민C가 풍부한 나를 자주 불러 꽤 바빴다우. 할머니는 나를 엿과 함께 삭혀서 국물을 마시면 오랜 기침 해소에 잘 든다고 노인정에서 자랑했다우. 사시사철 난 불려 다니느라 바쁘다우."

듣고 있던 쑥이 입을 씰룩거리며 말을 받았다.

"사람들은 봄만 되면 나를 찾아 들로 나오지. 난 겨울 동안 기력이 약해진 사람에게 풍부한 단백질, 무기질, 비타민으로 저항력을 길러주지. 향기는 식욕을 돋우지. 봄에 도다리를 깨끗이 손질하고 된장을 풀어서 함께 끓이면 이웃집에서 밥을 들고 찾아온다네. 특히 단오쯤 나는 무척 바빠. 집집이 나를 말려서 집 앞에 걸어두면 귀신이 내 향에 질려 집안으로 들어오지 못하지. 그래서 할머니들은 단오 때 나를 제일 좋아하지. 이 집 주인 여자도 쑥떡을 좋아하데. 가끔 나를 핑계로 여자들의 수다가 이어지더구먼."

달래가 질세라 끼어든다.

"뭐니 뭐니 해도 봄에는 내가 제일이지. 나는 성질이 따뜻해서 당나라 의서인 '본초습유'에 부인의 혈괴를 다스린다고 적혀 있대. 또한, 길쭉한 뿌리와 날씬한 몸매는 여자의 선망이잖아, 향은 또 어떻고. 매실 액에 식초를 넣어 오이와 함께 무치고 간장에 뿌리와 잎을 송송 썰어 넣고 참기름과 함께 밥을 비벼 먹으면 뚝딱 밥 한 그릇이 금방 바닥을 보이지.

냉이가 가소롭다는 듯이 말을 받는다.

"나는 겨울 동안 긴 뿌리에 차곡차곡 영양분을 담았지. 향기는 아무도 흉내 내지 못해, 된장 끓일 때 한 줌만 넣어 봐. 온 집안이 봄 향기로 가득하지. 살짝 데쳐 고추장과 매실 액을 넣어 식초와 무치면 그 맛은 일품이거든, 튀김옷을 입혀 기름에 튀기면 바삭하고 고소한 맛은 종일 입가를 맴돌지. 자태는 또 어떻고 우아하고 고상한 것이 종갓집 종부를 닮았지. 지중해 지역이 내 고향이야. 하지만 세계 어디든 잘 자라지. 내 열매는 심장 모양을 닮은 초록색이야. 사랑을 아는 메신저라고나 할까."

된장찌개를 품은 뚝배기가 갑자기 식탁을 내리쳤다.

"시끄러워, 너희들 내 불같은 품에서 벗어날 수 있어?"

사방이 조용해졌다.

"너희가 아무리 잘난 체해도 보글보글 끓는 내 안에서는 꼼짝 마라야. 그나저나 요즘 사람들은 계모임이니, 동창회니 하며 무슨 모임이 그렇게도 많은지. 식구가 다 같이 식탁에 모여 앉아 밥 먹는 꼴을 못 봤어. 이 집 안주인도 살림은 대충하고 밖으로만 쏘다니는 것 같아. 사람들이 그렇게 바쁘게 쏘다니니 우리의 향기나 맛을 제대로 알 재간이 있나. 시간을 두고 정성을 다해 음식을 만들어야 하는데, 옛날 할머니의 손맛을 내기에는 어림도 없지."

된장찌개의 넋두리는 이어졌다.

"밖에서 맛집이니 원조집이니 하는 곳을 쫓아다니며 단맛, 신맛, 그리고 화학조미료 맛에 길들어져 있어 뭐 우리를 보고 쓰니 짜니 하면서 온갖 구박을 하지. 봄나물도 옛 맛이 아니라니 참 웃기고 있군. 옛날만큼 정성 들여 음식을 만들기나 하냐고. 또한 아이도 어릴 적부터 패스트푸드에 길들어져 비만이니, 아토피 등으로 난리를 치고 있더구먼. 우리의 몸에는 스스로 저항력도 길러주고 이뇨 작용도 하고, 그 밖에도 사람들에게 필요한 약리 작용을 하는 성분이 많다는 걸 제대로 알기나 하냐고. 봄이라고 입맛이 없다는 둥, 나른하다는 둥, 참 어이가 없네."

뚝배기의 말에 식탁 위가 웅성웅성 한다.

오페라 '미역국'

"미역국은 싫어요."

미국인 시어머니에게 햄버거와 주스를 받아먹으며 산모가 하는 말을 친정어머니는 병실 밖에서 듣고 있다.

오페라는 미국에서 태어나고 자란 손녀의 출산을 위해 할머니가 어머니에게 미역국 끓이는 법을 가르쳐 주는 장면으로 시작된다. 산모는 미국식으로 산후 조리를 하겠다며 미역국을 사양했다. 어머니는 미역을 먹은 고래의 피가 맑아지고 새살이 돋았다는 전설을 노래로 들려준다.

어느 날 할머니의 갑작스러운 죽음으로 슬픔에 잠겨있던 손녀는 할머니를 그리워하며 미역국을 끓인다. 그리고 딸아이의 생일에 미역국과 고래 이야기를 들려주고 친정엄마를 만나러 간다.

산모가 미역국을 먹는 식습관은 우리 민족의 오랜 전통이다. 〈초학기〉라는 문헌을 보면 고래가 새끼를 낳은 다음 미역을 뜯어 먹고 산후의 상처를 낫게 하는 것을 보고 고려 시대 사람들이 산모에게 미역국을 끓여 주었다고 적혀 있다. 조선 시대 풍습에도 출산 후 첫 국밥을 먹기 전에 산모 방의 서남쪽으로 쌀밥과 미역국을 준비해 삼신상을 차려 아기와 산모의 건강을 기원했다고 전한다. 미역국은 출산 후 자궁의 수축과 지혈에 큰 도움을 준다.

우리는 생일에도 미역국을 먹는다. 요오드를 원료로 하는 갑상선 호르몬은 선천적으로 아이에게 오는 발육장애, 크레틴병을 예방하는 데도 미역이 효과적이다. 미역국은 어머니의 사랑이며 임신, 출산, 양육으로 보낸 여자의 일생이고 아픔인지도 모른다.

미국에서는 분만 후 두세 시간 지나면 병원으로부터 햄버거나 샌드위치 샐러드와 주스 우유 등이 나온다고 한다. 에너지 소비를 많이 한 산모의 건강을 위해 영양이 충분한 음식이 제공된다. 산후 조리도 나라와 민족 간의 차이가 있다. 산모의 몸을 만들기 위해 미국에선 빨리 운동을 하고 신진대사를 돕기 위해 샤워도 하라고 한다.

우리는 출산을 하고 100일 동안의 산후 조리가 산모와 아기의 평생 건강을 좌우한다고 한다. 한여름에도 방에 불을 넣고 뜨끈하게 몸을 지진다. 친정어머니는 산후 조리를 제대로 해야 한다며, 나를 방에서 꼼짝 못 하게 하고 미역국과 잉어와 가물치를 푹 끓여서 교대로 상을 차려 주었다. 출산으로 늘어지고 틀어진 딸의 몸을 보해 주는 것이 사랑이고 의무인 양 묵묵히 산후 조리를 해 주셨다. "산후통은 여자 몸에서 평생을 산다." 외할머니가 하신 말씀이라며 산후 조리를 제대로 하지 못한 어머니는 평생 한쪽 다리가 시리다고 하였다. 또한, 몸에서는 찬바람이 나온다며 여름에도 긴 옷을 입곤 하였다.

임신과 출산으로 여자의 몸은 크나큰 변화를 겪는다. 이것이 사랑스러운 아기를 만나기 위한 과정이라고 생각하면 고통은 기쁨 뒤로 물러난다. 긴 터널 같은 산고도 아기를 가슴에 안는 순간 잊고 마는 것이 엄마다. 어머니는 부모이기에 자식을 위해 당신의 모든 걸 다 내어 주고, 자식들은 그것이 당연하다고 생각했었다. 어머니도 여자라는 걸, 아기를 낳고서야 알았다. 딸아이를 가슴에 안고 행복해 하는 딸 옆에서 어머니도 행복해 하였다. 아마 당신께서도 첫딸을 안았을 때를 생각하고 있었을 것이다. 여자들은 아이를 낳고, 부모가 되고 나서야 진정한 사랑을 아는 것이 아닐까. 딸이 엄마를, 엄마는 다시 할머니를, 여자들만의 사랑이 얼마나 깊은 태고의 고리인가를. 딸아이와 나는 또 하나의 사랑 고리를 엮는다. 다가오는 어머니 생신에는 들깨 갈아서 넣은 구수한 미역국을 한 솥 가득 끓여야겠다. 그리고 시린 다리와 골다공증에도 칼슘이 많은 미역국을 드시라고 해야겠다.

　고소한 미역국 냄새로 가득한 오페라 무대에는 한국의 전통을 지
닌 할머니와 어머니, 미국인이나 다름없는 딸이 문화와 세대 차를
극복하는 과정을 그려내고 있었다. 할머니, 어머니, 그리고 딸의 사
랑이 실루엣처럼 겹쳐진다. 실내악단에 가야금을 합친 가락이 은은
하고 감미롭게 흐른다.

햅쌀밥

밥솥 뚜껑을 연다. 하얀 밥 위에 반지르르 윤기가 돈다. 구수한 냄새가 눈과 코를 통해 온몸으로 전달된다. 김이 모락모락 나는 밥 알들이 입안에서 고소한 맛을 낸다. 목구멍으로 넘길 때는 매끄러운 촉감이 느껴진다. 이것이 살아가는 힘이다. 밥 한 솥을 지으려고 불은 형태나 테두리가 없어 흔들리는 자신의 힘을 하나로 엮으려고 애를 썼을 것이다.

마른 가을바람이 누런 들판을 지난다. 여름 동안 바다와 하늘을 날며 거둬들인 습기를 말려서 벼 잎과 이삭 사이를 오가며 벼의 낟알을 튼실하게 한다. 가을 들녘에는 등 굽은 노인들의 추수가 느릿느릿하다. 짧은 가을 햇살이 쉬 떠나지 못한다. 이삭 위에서 벼들의 습기를 증발시키고 내면의 알들을 여물게 한다.

가을밤 서리는 여문 알들을 달게 맛을 낸다. 낮의 열을 식혀 차갑게 하면 열과 냉으로 밥을 차지게 만들 것이다. 일교차가 심한 지역의 과일이 단맛이 더 하듯이. 그렇게 벼는 주위의 모든 것들로부터 감사함에 고개 숙이는 법을 익힌다.

여름의 물줄기는 힘이 있다. 골짜기에서 골짜기로 흐르는 물이 합해지면 큰 물줄기가 된다. 모는 버티는 힘을 배운다. 갑자기 쏟아지는 소나기에도, 폭풍을 몰고 오는 태풍도 견디어내야 한다. 땅을 딛고 사는 것이 허공에 외줄 타는 것보다 더 어려운 까닭을 알아간다. 날벌레들에게서 세상 이야기도 들어줘야 한다.

유월 초순 볍씨에서 뾰족뾰족 새싹이 나온다. 네모 상자 안에서 서로 부대끼며 정을 나눈다. 물 한 모금도 서로 나누어 마신다. 하늘도 들도 푸른 날 기계음이 요란하다. 덥석부리 촌로의 두꺼운 손이 모 이삭 상자를 모 심는 기계 위로 옮긴다. 처음으로 헤어짐을 체험한다. 헤어짐이 외로움이라는 것도 알았다. 벼는 아침저녁 농부의 발걸음 소리를 기다리며 키 재기를 한다.

어머니는 처음으로 햅쌀밥을 하던 날, 유기 밥그릇 위로 수북이 밥을 담아 먼저 마루 시렁 위의 성주단지(성주신을 의미하는 것으로 햅쌀이 나오면 묵은 쌀을 비우고 다시 햅쌀로 채워 넣는다.) 앞에 상을 차린다. 고등어는 소죽 아궁이에서 노릇하게 굽고, 쇠고기 국과 갖은 나물로 차린 상 앞에서 두 손을 모아 빌고 또 빈다. 이렇게 햅쌀밥을 먹게 해 주어 감사하고, 식구들 건강하게 이 밥상을 받게 해줘서 고맙다고, 앞으로도 잘 부탁한다는 말로 어머니의 기도는 끝을 낸다. 뒤에서 아이들은 절을 하는 둥 마는 둥하고 밥상이 물러나기를 기다렸다가 서로 숟가락 부딪치며 햅쌀밥 먹기에 정신을 판다.

어제 시골집에서 햅쌀이 택배로 왔다. 어머니가 그랬던 것처럼 흉내를 내 본다. 무와 쇠고기를 넣어 국을 끓이고 고등어도 구웠다. 시금치도 파랗게 데쳐 참기름에 무치고, 고사리, 도라지나물도 만들었다. 윤기가 흐르는 밥을 퍼서 식탁 위에 올리며 오늘 햅쌀밥을 지었으니, 감사의 기도를 마음속으로라도 하고 밥을 먹으라고 하니 모두 뜨악한 표정이다.

2부
서로에게 길을 묻다

목련

봄바람이 목련나무를 후려친다. 가지는 나무의 뿌리를 흔들어 깨운다. 비로소 철갑처럼 단단하던 털북숭이 꽃봉오리가 눈을 뜬다. 다른 봄꽃은 겨울 동안 가지 속에 숨었다가 꽃봉오리를 움 틔우지만, 유독 목련은 긴 겨울 동안 가지 끝에 털북숭이 봉오리를 매달고 봄을 기다린다. 그래서 봄이 더 간절했는지 모른다. 그 엷은 꽃잎이 털주머니 안에서 서로 부둥켜안고 의지하며 긴 겨울을 견디었다.

목련꽃을 북향화라고도 한다. 북쪽을 보고 핀다고 해서 붙여진 이름이다. 전설에 의하면 북쪽 바다지기를 사모한 하늘나라 공주가 어느 날 남몰래 궁을 빠져나와 북쪽 바다지기를 찾아갔다. 바다지기에게는 이미 아내가 있었다. 이루어질 수 없는 사랑을 깨달은 공주는 절벽 아래로 뛰어내려 목숨을 끊었다. 이러한 사실을 알게 된 바다지기는 공주의 시신을 거두어 묻어 주고 잠자고 있던 아내도 약을 먹여 고이 잠들게 한 후 홀로 살았다. 하늘나라 왕이 이 사실을 알고 공주는 백목련으로 바다지기 아내는 자목련으로 만들었다고 한다.

목련꽃의 짧은 아름다움 뒤에 숨은 애절한 사연을 안 뒤부터 겨울의 칼바람이 목련 가지를 후려칠 때 가지에 매달린 털북숭이가 멍이 들까 내 가슴에도 푸른 멍 자국으로 줄이 섰었다. 지난봄 우연히 목련꽃의 뒷모습을 보았다. 아름다움을 내려놓고 다시 긴 기다림을 맞이할 채비를 하던 그날, 목련 가지 위에서 바람에 잠시 흔들리던 모습을 보았다. 이따금 센 바람이 나뭇가지를 부딪칠 때는 오히려 의연한 듯했다. 봄날의 짧은 만남을 위한 긴 기다림이 운명인 양 봄바람에 가지를 맡겨두고 훌훌 꽃을 털어내는 목련을 보고 있는 내 마음도 아렸다.

어린 시절 고향동네에 젊은 새댁이 시부모를 모시고 어린 아들과 함께 살았다. 어느 날 군인 아저씨 두 명이 하얀 상자를 들고 왔다. 군에서 사망한 새댁 남편의 유골함이었다. 하얀 소복을 입은 새댁은 어린 아들을 부둥켜안고 커억커억 울다가 기절했다. 시부모도 그런 새댁이 가여워 친정으로 보냈다. 새댁이 친정으로 떠나던 날,

하얀 소복 소매에 눈물을 적시고 등에 매달린 어린 아들도 어미를 따라 울면서 떠났다. 그 길목에 목련꽃이 하얗게 떨어졌다.

바지랑대를 물고 선 빨랫줄 위로 봄볕이 내리고 어머니의 무명 버선이 하얗게 목련으로 걸렸다. 겨우내 식구들의 끼니를 위해 종종걸음을 걸었을 어머니의 버선발이다. 보릿고개를 넘기 위해 애간장을 태웠을 어머니, 어린 자식들 굶주릴까 이른 봄 들녘에 돋은 새싹이라도 뜯으려고 하면 때론 봄비가 진창을 만들었다. 그 진창마저도 어쩌지 못한 어머니의 버선발, 삐죽삐죽 발가락, 발뒤꿈치가 삐져나온 버선을 겹겹이 기워 놓은 것이 목련의 꽃잎 같다.

노인 요양원의 놀이 봉사 시간이다. 노인들이 하나둘 꽃단장을 하고 모였다. 손뼉을 치고, 노래를 부르고, 건강 체조도 하고 동화 구연도 했다. 즐거워하는 할머니 할아버지 어깨도 두들겨 주고, 만들어 간 음식도 맛나게 나누어 먹었다. 할아버지 할머니들의 해맑고 순수한 웃음 속에서 목련꽃이 피는 듯했다. 마지막으로 심순덕 시인의 '엄마는 그래도 되는 줄 알았습니다.' 란 시를 낭송하자 여기저기에서 훌쩍훌쩍 흐느끼더니 어느새 방안이 울음바다가 되었다. 당황한 봉사자들이 한 사람 한 사람씩 할머니들을 껴안아 드리자, 당신들이 살아온 이야기를 누에고치에서 실이 나오듯 줄줄이 토해 냈다.

요양원에 들어온 사연도 가지가지다. 당신 때문에 행여 아들이 며느리에게 구박받을까 싶어 스스로 짐을 싸 들어온 할머니, 손자 손녀가 냄새난다고 해서 무작정 들어온 할아버지도 있었다. 청상의 몸으로 아들을 유학 보낸 이야기, 술 먹고 애먹인 남편 이야기, 유복자를 교수로 키운 이야기 등등. 비록 자신들은 힘들었지만 자식에게만은 세파에 휘둘리지 않기를 바라며 온 힘을 다해 살아왔단다. 그들은 평생 가족을 위해 살았지, 자신의 삶을 살지 않았다. 당신을 위한 욕심은 부리지 않았기에 하얀 목련처럼 순수하다. 털북숭이 몸으로 긴 겨울을 견디고 핀 목련을 닮았다.

모두가 '엄마는 온종일 밭에서 힘들게 일해도, 찬밥 한 덩어리 물에 말아 부뚜막에 앉아 점심을 때워도, 한겨울 냇물에 맨손으로 빨래해도, 배부르다 생각 없다 굶어도, 발뒤꿈치 헤져 이불이 소리를 내도, 지문과 손톱이 닳고 문드러져도, 아버지가 화내고 자식들이 속 썩여도 끄떡없는 엄마는 그래도 되는 줄 알았습니다. 외할머니 보고 싶다는 말 그냥 넋두리인 줄 알았습니다.'

긴 세월 동안 앞뒤 돌아볼 겨를이 없었던 어머니, 물레에 둘린 생의 실을 자아 조각조각 조각보를 만들어 주고도 미안하다 하신다. '내한테 태어나서 고생 많았다. 못해준 게 많아 미안해서 더 화를 낸 것 같다.' 하시던 어머니의 실타래에 새우등처럼 둥근 노을이 걸렸다. '어머니, 다음 생엔 제가 어머니의 목련이 될래요.' 그저께 봄비에 하얗게 피었던 목련꽃이 오늘 봄바람에 살포시 내려앉는다.

항변

 찰칵, 문 여는 소리.

어디에 숨어야 하나? 환풍기 안에 들어갈까? 바람이 너무 센데?

"여기 있었네, 꼼짝 마. 넌 끝이야."

이쪽은 샴푸 향기가 나는 걸 봐서 숨기에 적당치 않아. 저쪽으로 가야겠어. 새벽에 과식을 했더니 몸이 무겁네. 휴~.

"어디 숨었니 비겁하게, 넌 계절도 모르니? 지금은 가을도 지나 겨울이다. 시도 때도 모르는 멍청한 것, 빨리 나와. 숨어봐야 소용 없어, 여기는 내 그라운드야."

무서워. 아줌마의 도끼눈에 오금이 저려 꼼짝할 수가 없네. 숨이 막혀 날갯짓조차 하기 힘들어. 가슴은 왜 이리 뛰는지. 내가 어리 석었지 뭐야. 아줌마의 귀가 그렇게 밝을 줄 몰랐지. 작은 날갯짓에 금방 일어나 불을 켜고 나를 찾지 뭐야. 나는 침대 밑으로 얼른 숨어 버렸지. 아줌마는 모든 불을 끄더니 옷 방을 지나 화장실로 가는 미등을 켰어. 무슨 일일까 궁금한 나는 미등을 따라 조심조심 안으로 들어갔지. 순간 찰칵 문이 닫혔어. 결국, 화장실에 갇히고 말았지.

"팔과 이마가 모기에 물려 온통 울퉁불퉁하다. 가려워서 긁었더니 상처에 피가 났네. 여름 모기보다 겨울 모기가 더 독하다니까. 옛날에는 모깃소리가 나서 불을 켜면 주위 벽에 붙어 있어서 잡았는데 요즘은 모기도 머리를 쓰나 보다. 찾아도 없어. 잘 숨는다니까."

아줌마, 누구나 죽는 건 싫거든요. 당신들이 마구 쓰는 에어컨이나 난방기구들, 그리고 각종 기기들이 내뿜은 이산화탄소 때문에 기온이 올라가고 환경이 파괴되어 결국에는 지구의 온난화를 가져왔지요. 그로 인해 우리 모기들도 활동 기간이 길어지고 개체 수도 늘어나게 되었지 뭐예요. 우리도 쉬운 건 아니네요. 당신들의 환경에 맞추어 살려니 뼈를 깎는 적응 훈련에 힘이 든다구요. 나도 여름에 활동을 하고 겨울에는 2세가 알로 동면하길 바라지요. 올여름은 유난히 더 더웠잖아요. 당신들의 에어컨 바람을 피하려다 보니 조금 늦었네요.

아줌마, 나보고 비겁하고 멍청하다고요? 미꾸라지는 하루에 천

마리 이상 장구벌레를 먹어야 되고, 박쥐나 잠자리도 모기가 없으면 먹이사슬이 위험하지요. 세상에 어느 것 하나 필요 없이 태어난 건 없지요. 비록 내가 알을 품어 철분과 단백질이 부족하여 사람의 피로 약간 보충했을 뿐인데 세상에 몹쓸 것으로 취급하는군요.

내가 몇 년을 함께 살자고 한 것도 아니고 기껏해야 일이 주인데 너무 야박하잖아요. 추운 날씨에 지나는 거지에게 따뜻한 옷 한 벌 내어주던 옛 인심이 그립네요. 맞아요. 지구의 기온만 변한 게 아니지요. 사람들의 사고도 많이 바뀌었죠. 주거환경이 변했듯이. 나도 강둑 풀 더미 아래서 알을 낳고 이듬해 새순이 돋고 잎이 무성할 때 알에서 깨어난 새끼들이 청정한 물에서 자라기를 바라지요. 뭔가 새로운 게 있을 것 같아 아파트 위층까지 목숨 걸고 까마득히 날아오르는 모험은 이제 하고 싶지 않아요. 위에도 아래도 별다를 게 없으니까요.

휘이익~ 모기약 뿌리는 소리, 곧이어 찰칵 화장실 문 닫는 소리.

풀 향기 그리우면

온 세상이 푸름으로 출렁인다. 바람은 하늘과 신록을 이어 놓았다. 풀이 무성한 강둑을 걷는다. 물속에는 한 폭의 수채화가 실바람에 흔들리고 있다. 신록 위로 구름이 떠다니고 실버들 축축 늘어진 가지 사이로 작은 물고기가 물살을 몰고 다닌다.

편두통이 심해졌다. 반세기 넘도록 주인을 위해 들고, 받치고, 털고, 닦았던 말 잘 듣던 근육도 날을 세우며 반란을 일으킨다. 어깨, 등줄기, 허리로, 진압하려 들면 폭동으로 변한다. 가방을 챙겨 들고 시골집으로 차를 몰았다. 팔순이 넘은 부모님은 챙 넓은 모자를 쓰고 채마밭에서 풀을 뽑고 있다. 느닷없는 딸의 방문에 반가움은 잠시, 무슨 일 있느냐고 걱정을 하신다. 풀 향기가 그리워서 왔노라고 얼버무린다. 엄마의 손끝은 바빠졌다. 싱싱한 푸른 채소와 하얀 쌀밥으로 밥상을 차렸다.

"엄마는 삶에서 언제가 제일 푸른 신록이었어?"

"그야 너희 학교 보내고 등록금 장만해서 부쳐주고, 또 너희가 학교에서 상을 받아오면 뿌듯하고, 참으로 좋았다."

그때를 회상하듯 모녀는 상념에 잠긴다.

친구가 자기 친구를 소개하고 싶다고 했다. 그녀의 집은 도심에서 약간 벗어나 있었다. 얕은 산자락에 이팝꽃이 흐드러지게 피었다. 대문을 들어서니 푸른 잔디밭에는 갖가지 봄꽃들로 만발했다. 환호성이 절로 나왔다. 집 안에도 집주인의 성정이 고스란히 묻어 있다. 처음 잔디밭을 보면서 주인의 부지런함과 깔끔함을 보았다. 오래전에 야산을 사 두었다고 했다. 휴일이면 부부가 와서 조금씩 터를 만들고 이웃들과도 얼굴을 익혀갔다. 그렇게 10여 년을 보내고 퇴직을 하여 이곳으로 터를 잡았다. 남편이 건축 사업을 한 탓에 직접 집을 지었단다. 주부의 마음을 배려해서 지은 태가 났다. 나는 아파트에 살면서 식탁 옆에 커다란 창을 꿈꿨다. 꽉 막힌 사각의 틀에서 음식을 먹는 것이 늘 소화불량처럼 갑갑했다. 이 집 식탁에는 커다란 창으로 산이 들어오고, 텃밭에 고추가 커가고, 감나무가 감꽃을 들이민다. 가죽나무 새싹이 불그스름하게 고추장을 그리워하며 들여다보고 섰다. 여고시절 친구와 아카시아에 구름이 걸린 것을 학교 옥상으로 올라가 넋 놓고 본 적 있었다. 이 집 식탁에서는 아카시아와 이팝 꽃이 구름을 이고 서 있다. 정말 그녀가 부러웠다. 그녀도 이 집으로 이사 오기까지 우여곡절이 많았다고 한다. 하루하루가 잡초와 전쟁이라고 한다. 그래도 다음날 새 꽃잎이 피어나고 작은 열매가 맺는 걸 보면 사랑스럽단다. 그녀는 글을 쓰고 블로그에 이곳의 사시사철 변해가는 풍경들을 올린다. 집 뒤에 그녀의 동산을 만드는 중이란다. 오솔길을 만들고 길 따라 코스모스를 모종해 두었다. 도라지, 더덕, 작약, 당귀 그리고 과일나무들로 올가을 그녀의 블로그가 풍성할 것이다. 동산을 내려오며 돌나물 한 줌씩 뜯었다. 한 줄기 입에 넣고 가만히 씹어본다. 향긋한 향기가 입 안 가득 채워진다. 언제든지 풀 향기가 그리우면 오라며 보따리 보따리 채소들을 싸 준다. 그녀의 넓은 품에서는 풀 향기가 났다.

풀 향기 가득한 계절, 그 신록은 언제나 일상에 지친 삶을 품어준다. 내 품은 너무 작아 언제나 남에게 안길 줄만 알았다. 품은 누가 키워 주는 게 아니라 스스로 더 넓은 세상을 보고 느껴야 됨을 문득 깨닫는다. 언젠가는 나도 품을 키우고 풋풋한 향기를 피워 누군가에게 나누어 줄 수 있는 신록이고 싶다. 언제나 풀 향기 그리운 사람들과 함께 하는.

서로에게 길을 묻다

"따르릉,~ 성서경찰서 정보과 ㅇㅇㅇ입니다. 댁의 아드님이 국가 공무원 시험에 합격하셨지요."

"네, 그런데요." 신원 조회 때문에 몇 가지 물어보겠습니다."

"잠깐만요, 당신이 성서 경찰서 정보과에 근무하는 걸 내가 어떻게 믿죠?"

그녀의 질문에 경찰서 전화번호와 본인 휴대전화번호까지 가르쳐 주며 전화해 보란다.

"경찰서 전화번호는 공개되어 있고, 휴대전화는 당신이 직접 받을 건데, 이걸로는 믿을 수가 없지요."

그녀의 말에 전화기 속 남자는 할 말을 잃은 듯했다.

"아주머니, 저는 공무상 신원 조회를 해야 합니다. 그런데 저를 못 믿으시니 어떻게 해야 할까요?"

여자는 당신이 경찰 공무원이라면 이 지경이 된 사회를 어떻게 생각하느냐고 되묻고 있었다.

서로에 대한 불신으로 공무 집행이 어려운 이 상황을 도대체 누구에게 물어봐야 합니까?

늘 이웃에서 보던 아저씨, 가끔 부모님 가게 일도 도와주던 사람. 그가 성폭력범이었다. 피해 아이의 부모가 아연실색하는 것을 텔레비전에서 보았다. 이웃사촌이란 말은 사라지고 있다.

삼사십 년 전만 해도 먼 친척보다 이웃이 더 가까웠다. 간혹 부모님께서 출타 중일 때는 당연히 이웃집에 가서 밥도 먹고 잠을 자고 아침에 학교에 갔었다. 비가 오는 날이면 한 집에서 이웃 아이들의 우산을 함께 갖다 주었다. 옛날 낮은 담은 서로 맛난 음식도 나누고, 아이들 자랑도 담 위로 오르내려, 집안의 대소사도 담 사이로 오갔다. 그렇게 이웃 간에 격이 없이 지냈다.

지금은 옆집에 누가 사는지 관심이 없다. 엘리베이터에서 만나도 천정만 서로 쳐다보고 섰다. 인정은 강철만큼 차갑고 냉정해졌다. 위층에 딸만 둘인 젊은 엄마는 얼마 전 새로 이사 온 옆집에 남자 고등학생이 있는 걸 보고 딸들에게 조심하라고 했단다. 참 씁쓸했다.

이웃과 사람에 대한 불신이 팽배한 사회를 어떻게 살아가야 하는지, 이런 걸 도대체 누구에게 물어봐야 합니까?

삼십 년 넘게 교직에 몸담은 친구가 정년을 몇 년 앞두고 명예퇴직을 했다. 교사가 천직이라고 늘 말하던 친구였다. '학교 안에는 선생님도 없고 제자도 없는 곳'이라고 씁쓸히 말하던 친구의 얼굴은 노을에 비친 갈대의 순처럼 쓸쓸해 보였다. 학생이 선생님을 폭행하고, 학교에서 담배를 피우는 학생을 부모에게 알렸더니 학부모는 자기 자식은 절대 그런 아이가 아니라며 오히려 선생님을 명예훼손으로 고발하는 사회다. 인성 교육보다는 좋은 대학에 들어가는 것이 우선이 되었다. '교육은 국가의 백년지대계'라고도 한다. 일 년을 내다보면서 곡식을 심고, 십 년을 생각하며 나무를 심고, 백년을 기대하고 인재를 양성한다고 했다. 그만큼 교육은 국가와 사회 발전의 근본 초석이 된다.

과연 지금의 교육은 백년지대계라고 할 수 있을까? 이걸 도대체 누구에게 물어봐야 합니까?

우리 민족은 정이 많은 민족이다. 즐겨 먹는 비빔밥처럼 여러 계층의 사람이 어울린 탈춤놀이, 강강술래 등을 즐겼다. 2002 월드컵에서는 온 나라가 붉은 악마가 되어 '오, 필승 코리아'를 목이 터지라 외쳤다. 그런 민족이었는데, 언제부터인가 사회는 삭막해졌고, 서로 믿을 수 없는 지경이 되고 말았다. 어떤 사람은 택배 아저씨도 못 미더워 현관 앞에 물건을 놓아두고 가라고 한단다. 이런 불신의 근본은 법을 무시한 채 자신의 이익만을 추구하는 데서 온 것은 아닐까? 특히 수단과 방법을 가리지 않고 목적만을 추구하는 사람이 많아질 때, 그 사회는 혼란과 불안이 생기고 사람을 불신하는 경향이 커진다고 한다.

나는 이 사회의 어떤 존재일까?

그 집

　얕은 산자락 끝, 아침 햇살이 내려앉는 곳에 자그마한 이층집이
있다. 사진으로도, 그림으로도 자주 접해 봄직한 풍경을 가진 집이
다. 봄이면 뒷산 진달래가 배경이 되어주고, 여름이면 대문 옆 늙은
은행나무에서 매미가 시나브로 노래를 불러준다. 가을 산의 단풍나
무와 노란 은행나무가 채도와 명도를 맞춘다. 겨울 또한 하얀 설원
이 푸른 창을 가진 그 집이랑 하모니가 잘 맞다. 마당에는 작은 연
못이 있어 이른 여름 연꽃이 피면 금붕어가 꼬리를 물고 연 사이를
헤엄친다. 베란다에서 연못을 볼 수 있고, 고개를 들면 너른 들판과
나지막한 산들이 병풍처럼 둘러 있다.

　올 설날에도 그 집 대문은 무겁게 침묵하고 있었다. 가끔 대문 옆
커다란 개가 끙끙거리는 소리만 간헐적으로 들렸다. 시댁 동네에

처음에는 전원주택이 한두 가구씩 들어서더니, 언제부턴가 우후죽순 격으로 한 번씩 갈 때마다 예쁜 집들이 늘어났다. 산세山勢가 높지 않고 얕을 뿐만 아니라 물이 좋고 너른 들이 있어서일 게다.

산 밑에 예쁜 이층집에는 노인 부부가 산다. 처음부터 동네 주민은 아니었다. 어느 날 아들 내외가 집터를 둘러본 후 이층집을 지었다. 공기 좋은 곳에 부모님을 모시고 싶다고 했다. 이사 와서 노부부도 좋아하고 만족해 했다. 동네 어른들과도 잘 지냈다. 아들 며느리가 서울 큰 병원에 의사이고 교수란다. 시골 어른들은 자식 잘 키웠다고 부러워했다. 처음 몇 년은 아들 내외와 손자 손녀가 들락거렸고, 가끔 맛있는 음식으로 동네 어른들을 모셔 잔치도 열었다. 노부부의 어깨에도 각이 섰었다. 노부부를 바라보는 시골 어른들은 기가 죽었다.

언제부터인가 그 집 대문이 무거워지기 시작했다. 개 짖는 소리만 커졌다. 연못에 비친 저녁놀이 머무는 시간이 길어졌다. 노부부의 동네 노인정 발길도 뜸해졌다. 한참 뒤, 그 집 아들 내외와 손자 손녀가 처가 식구들과 함께 미국에 이민을 갔다는 소문이 돌았다. 온 동네가 술렁거렸다. 그 뒤로도 몇 년 동안은 그 집 대문은 열려 있었다. 명절마다 전 지지는 기름 냄새가 번져 나왔다.

서쪽으로 난 베란다로 노부부의 차탁茶托이 옮겨졌다. 해가 갈수록 그 집 대문의 두께는 두꺼워지고 있었다. 노부부의 차탁도 여전히 서쪽 베란다에 놓여 있다. 여름의 길고 뜨거운 햇빛을 그대로 받으면서.

아들 녀석이 대학에 들어가더니 공부와는 거리를 두고 학생회 일이며 정치에 관심을 가지고 기웃거렸다. 우리 부부는 아들에게 학생의 본분을 다할 때, 네가 하고 싶은 것은 부수적으로 따라올 것이라고 설득을 했다. 그는 기회가 그리 자주 오지 않는다며 지금 기회가 온 것이라고 블랙홀로 빠져 들어갔다.

녀석이 고등학교 3학년일 때, 야간 자율 학습과 아침 이른 등교에 몸이 파김치가 된 아들은 겨우 눈곱만 떼고 집을 나섰다. 아이를 차로 데려다 주면서 어미가 할 수 있는 일은 빨강 신호등을 기다리는 것뿐이었다. 아침을 못 먹고 가는 아들에게 국물에 밥을 말아 빨강 신호등이 걸릴 때마다 한 숟가락씩 녀석의 입에 넣어 준다. 그러다 보면 학교까지 가는 동안 몇 숟가락이라도 먹였다는 안도감이 교실로 향하는 아들의 뒤통수를 편안히 바라볼 수 있게 해주었다.

질풍노도疾風怒濤의 험난한 길을 혼자 가겠노라고 방문을 걸어 잠그고 시위하는 녀석의 방문 앞에 서성거리기만 했다. 처음 걸음마 연습을 할 때도 나는 두 손만 벌리고 녀석이 오기만을 기다렸다. 아들은 몇 번의 선거(지자체선거, 국회의원선거, 대통령선거)를 경험하더니 이상과 현실의 괴리乖離가 만만치 않다며 다시 학교로 돌아

왔다.

봄 햇살이 내리는 나른한 오후, 오수午睡가 쏟아진다. 그림 같은
풍경을 가진 그 집 서쪽 베란다에도 노부부의 찻잔에서 모락모락
하얀 김이 떠다니겠다. 다음 시댁 제사 때는 그 집 차탁이 볕 잘 드
는 남쪽으로 옮겨졌기를 ….

홈쇼핑

　"매진 임박" 빨간 불빛이 깜빡인다. 마음이 급해졌다. 쇼핑호스트는 상담전화가 폭주하고 있으니 자동전화로 주문하라고 한다. 아직 어떤 색깔이 어울릴지 고민 중이다. 빨간 불빛의 깜빡임과 쇼핑호스트의 독촉 멘트에 마음이 우왕좌왕한다.

　거실 소파에 앉으면 습관처럼 텔레비전 채널을 이리저리 옮겨본다. 홈쇼핑에서 겨울 코트가 판매되고 있다. 결재는 무이자로 여러 개월 나누어내도 된다. 자동전화로 주문하면 할인도 해준다. 사은품도 꽤 괜찮다. 마침 겨울 코트를 장만하려고 생각 중이었다. 다시 꼼꼼하게 점검해 보기로 했다.

홈쇼핑은 바쁜 현대인이 직접 시장에 가지 않고도 쇼핑을 할 수 있도록 하여 시간을 절약시킨다. 비용을 서로 비교하여 효율적인 가격에 상품을 구매한다는 장점도 있다. 반면에 상품을 직접 보거나 만질 수 없으므로 상품에 대한 신뢰도가 떨어질 수 있다. 또한 배달과 사후 처리 문제점도 만만찮다. 충동구매를 일으키거나 과대광고의 우려도 있다. 1977년 미국 폴로리다주의 한 라디오 방송국에서 처음 시작한 홈쇼핑 방송이 이제 미래의 쇼핑 문화를 주도적으로 이끌 것 같다.

아침 신문을 보다가 문득 생뚱맞은 생각에 혼자 피식 웃는다. 홈쇼핑 상품으로 미국 대선주자 버락 오바마와 밋 롬니라는 낯익은 상품에 고객들은 선뜻 주문 전화 버튼을 누르지 못한다. 둘 다 흠잡을 데 없는 상품이다. 오랜만에 고객들의 관심도 높다. 메이커도 민주당과 공화당 둘 다 아주 탄탄하다. 학력도 하버드 법학박사 학위를 가졌다.

버락 오바마는 일리노이주 상원의원을 거쳐 연방 상원의원을 지낸 현직 미국 대통령이다. 핵무기 감축과 중동 평화 회담 재개의 공을 인정받아 노벨평화상을 받았다. 밋 롬니는 매사추세츠 주 지사를 지낸 몰 몬드의 명문 가문이다. 타임지가 선정한 세계에서 가장 영향력 있는 100인에 선정되기도 했다. 사은품도 매력적이다. 오바마 상품에는 조지프 바이든을 내놓았다. 밋 롬니는 풀 라이언을 선보이며 고객의 구매 충동을 부추긴다. 두 상품 모두 구미가 당긴다. 사은품 자체로도 지략이 모자란 나에게 꼭 필요한 것이었는데, 상품에 끼워져 있다니 이번 상품은 스페셜전이라 확실히 다르다.

쇼핑호스트는 지금 상담 전화가 폭주 상태라며 자동 전화로 주문을 하란다. 그러면 오만 원의 할인 혜택도 주어진다. 세트 판매는 안 되고 단품 판매만 가능하다고 한다. 고객들은 오랜 만의 좋은 상품이라, 고르기가 더욱 힘이 든다. 어떤 전자제품 회사는 순간의 선택이 10년을 좌우한다고 광고 했었다. 이번 상품은 4년을 보장한단다. 상품의 활용 가치에 따라 그 수명이 길어질 수도 있다. 소비자들은 상품의 내외적인 활용 가치를 따져서 선택해야 두고두고 낭패를 보지 않는다.

'문文 안安 단일화 가능한가, 박朴 위기관리능력 시험, 대선 주도권 잡기 팽팽한 신경전', 신문 정치면에는 우리나라 대선 주자들의 일거수일투족을 열거하고 있었다. 재래시장에서는 생선가게 아주머니와 악수도 하고, 국밥집에서 국밥도 맛나게 먹고, 재래시장을 살려야 서민 경제도 산다고 꼭 그렇게 할 거란다. 노숙자의 손을 잡고 일자리를 많이 창출하여 가족이 모여 살아야 한다고도 한다.

손녀를 키우며 살고 있는 할머니는 저 아이가 커가는 걸 언제까지 볼 수 있을지 하며 눈물을 흘린다. 손수건을 건네며 사회복지제도가 잘 되는 살기 좋은 나라를 만들 거란다. 말과 행동이 일치하는 공약을 대선 후보자은 해주었으면 좋겠다. 공약公約이 공약쏘約이 되는 것만 많이 보아 왔었다. 사은품만 덕지덕지 붙은 정책은 식상하다.

홈 쇼핑에서 겨울 코트를 샀다. 쇼핑호스트는 모직이 섬세하고 부드럽다고 했지만 받아보니 그의 말과는 많이 달랐다. 화면에서 보던 것과 색깔도 다르고 바느질도 고르지 않았다. 코트를 반품하기로 했다. 반품 이유란에 '상품 과대광고, 겉보기보다 속이 알차지 못함. 겉포장으로 고객들 눈속임'이라고 적었다. 고객들은 현명하다. 화려한 포장에 현혹되지 않는다. 올바르지 않는 상품은 언제든 반품 하고 교환도 한다.

홈쇼핑 상품처럼 대통령도 반품이 가능하고 교환도 할 수 있다면, 후보자들도 공약쏘約을 남발하지 않을 것이고 지킬 수 있는 공약公約만 하지 않을까?

인간 로봇

오래된 영화를 새로 볼 기회가 있었다. '이글 맨'이란 SF 영화다. 인간이 슈퍼컴퓨터에 지배를 당한다는 내용이다.

인천공항에서 터키 이스탄불공항까지 약 12시간의 비행. 좁은 공간에서 할 수 있는 일이 별로 없다. 책을 읽자니 모두 잠을 자는데 혼자 불을 켜는 것도 미안하고, 흐린 불빛에 글씨를 보는 것도 내 시력에 한계가 있다. 억지로 눈을 감고 잠을 청해 본다. 구부러진 무릎으로 느껴지는 통증이 만만찮다. 이어폰을 끼고 의자 앞 모니터를 켠다. 몇 안 되는 매뉴얼들, 이미 본 것이 대부분이다. 비행기 안은 몇몇만 제외하고 모두가 수면 중이다.

식사 시간이 되자 제복을 입은 스튜어디스들이 분주하다. 음료가 나오고, 식사 메뉴 둘 중 하나를 선택한다. 그리고 커피를 마신다. 그들의 프로그램에 따라 식사를 하고 차를 마시고, 저장해 둔 노래를 듣고, 모니터로 영화를 본다. 내 의지와는 상관이 없다. 매뉴얼에 나를 가두어 놓는다. 《어린 왕자》의 사막여우처럼 서서히 매뉴얼에 길들어진다. 나는 지금 거대한 비행기라는 기계에 갇혔다.

이미 우리는 컴퓨터 시대에 살고 있다. 어느 금융기관에서 컴퓨터 서버가 다운되었다. 객장의 많은 사람과 사이버로 이용하는 사람들, 속수무책 발만 동동 구를 뿐이다. 목소리가 큰 사람도, 덩치와 힘이 있는 사람도 컴퓨터가 정상이 될 때까지 기다릴 수밖에 없다.

옛날 수기로 장부 정리를 하여 하나하나 찾았던 것은 기억에서 멀어졌다. 높은 산봉우리에 봉화를 피우고 연기가 피어오르는 모습을 보면서 서로 신호를 했던 시절도 있었다. 가을이면 예쁜 낙엽 책갈피에 끼워 말려 친구나 연인에게 편지를 주고받았던 그때는 설렘과 기다림이 있었다. 지금은 스마트폰 하나면 세계 어디든 통화가 되고, 영상으로 얼굴도 볼 수 있다. 궁금한 건 인터넷을 연결해서 해결하면 되는 편리한 세상이다. 모르는 길도 자동차의 내비게이션으로 어디든지 친절하게 안내를 한다. 내비게이션이 없으면 길 나서기가 불안하다. 오죽하면 믿는 건 내비게이션 속 여자뿐이라는 농담도 있지 않는가.

똑같은 하루하루의 삶, 스스로 느끼지 못하는 습관과 반사적인 행동들, 이것 또한 기계적이지 않을까. 학교에서 주입식으로 가르치는 교육 방식은 좋은 대학과 좋은 직장을 가지기 위함이다. 기차선로처럼 반듯하기만 바라는 삶도 따뜻한 온기보다는 차가운 기운이 감도는 기계음 같다. 오늘도 나는 집을 나서면서 헤아릴 수 없이 많은 CCTV에 나를 찍는다. 거부할 수 없는 통과의례가 되었다. 기계는 나를 감시하고, 나는 반격할 수 없다. 서서히 길들여지고 있다. 인간이 편리하고자 만든 기계에 우리는 너무 의지하고 있는 건 아닐까, 편리하다는 이유만으로 나를 포기하고 기계에 자신을 스스로 가두고 있다. 너무 많은 것들을 기계에 의존한다. 어찌 되었건 기계들이 파업하면 우리는 속수무책으로 그들의 요구에 응해야 한다. 인간이 쳐 놓은 그물에 스스로 낚인 셈이 된다.

스마트폰이 없어진다면, 우리는 우왕좌왕하며 안절부절못할 것이다. 지인들의 전화번호는 그에게 맡긴 지 오래다. 카드결제와 친인척의 경조사 날짜 스케줄까지 모두 그의 담당이 되었다. 난 그저

손가락만 움직일 뿐이다. 아침에 일어나서 저녁까지 스마트폰을 손에 들고 산다. 그 기계들 앞에서 인간은 지능 없는 로봇에 불과하다.

웃음 보약

웃는 것에 인색했다. 한 집안에 '맏이'라는 것이 마음의 짐이고 부담이었다. 동생들에게 모범이 되어야 한다며 부모님은 칭찬보다는 잘못을 더 많이 지적하였다. 작은 시골 동네에는 누구네 집 맏딸이 내 이름이었다. 그 집 맏딸 참하더라는 말에 뿌듯해 하는 부모님 얼굴을 보았다. 환경이 사람의 성격도 만드는 것일까, 아이는 점점 내성적인 성격으로 변해갔다. 감정을 밖으로 표현하는 것보다 숨기는 것이 버릇이 되었다. 어른이 되어서도 친구들과 만나 박장대소하며 웃어야 했던 일도 미소로 대신했다. 그러면 내숭쟁이라고 했다.

一笑一少. 한 번 웃으면 한 번 젊어진다고 한다. 동안이라고 하면 싫은 표정 없이 다들 좋아한다. 상대방을 즐겁게 만든다. 웃고 있으면 집안에 좋은 일 있느냐고 묻는다. 웃음도 바이러스처럼 전염된다. 웃음이란 기쁨의 감정을 느낄 때, 얼굴 근육을 움직여 표정을 만드는 것이다. 또한, 기대하고 있던 상황이 다르게 펼쳐질 때나 고정관념이 깨어질 때, 입에서 절로 터져 나오는 소리를 말한다. 그 소리는 세계의 공통어이기도 하다.

개그맨 김미화는 자기의 묘비명에 '웃다가 자빠졌다.'라고 쓰겠단다. 젊은 여자들의 남자친구 조건 일위가 유머 있는 남자, 즉 남을 잘 웃기는 남자란다. 예전에는 유머와 위트가 있어 남을 잘 웃기는 사람에게 싱거운, 속 빈, 쓸개 빠진 등으로 약간 모자란 사람 취급을 했었다. 여자의 웃음소리가 담장을 넘으면 안 되고, 웃음이 헤퍼도 안 되는 것이었다. 지금은 유머가 없고, 남도 잘 웃길 줄 모르며, 웃어야 할 타임조차 놓치면 차원이 다른 사람 취급을 받는다.

웃음치료사 수업을 들을 기회가 있었다. '사람이 울면서 태어나는 이유가 평생 놀고먹을 밥줄을 끊는 것이 억울해서'라고 했다. 첫 시간부터 교실 안은 웃음바다였다. 사회가 점점 복잡해져 스트레스 지수가 높아지고 있다. 잠시라도 유머와 위트로 위로 받아야 한다. 사람에겐 오장육부 외에 웃음보가 하나 더 있다고 한다. 미국의 UCLA대학 '이차키 프리트' 박사팀이 16세 된 간질 환자를 치료하던 중, 뇌에 발작을 일으키는 부분을 찾다가 발견했다. 뇌에 전극을 부착해 왼쪽 대뇌와 소뇌 중간쯤 자극을 하자 환자가 까르르 웃었단다. 의사들도 놀라워서 다시 그 부분을 자극하니 환자가 다시 웃음을 터뜨렸다. 그 부분을 웃음 뇌, 혹은 웃음보라 명명해 놓고 계속 연구 중이라고 한다. 이 연구가 성공하면 버튼만 누르면 웃게 되지 않을까?

웃으면 복이 온다며 수업 중 강사는 잘 웃지 못하는 나를 보면서 최소한 하루에 15초는 꼭, 억지로라도 웃으라고 칠판에 '꼭, 억지로'라는 글자 위에 동그라미를 쳤다. 사람의 뇌는 진짜 웃음과 가짜 웃음을 잘 구별하지 못한다고 한다. 무조건 웃으면 우리 몸에서 좋은 물질이 생성되고, 건강해져 질병 예방 효과도 있다고 한다. 억지로 웃다 보면 그 억지웃음이 우스워져 진짜 웃게 되었다. '15초! 그래, 그 정도는 억지로라도 웃지 뭐.' 하면서 막상 웃으려니, 생각보다 시간이 꽤 길었다. 때론 거울을 보고 웃고, 몸을 흔들면서도 웃어 보았다. 반세기 동안 굳은 근육이 쉬 풀리지 않았다. 거울 속에는 예쁜 웃음, 싱거운 웃음, 박장대소 등 민망한 얼굴이 상기된 표정을 짓고 있었다. 시인 이상은 거울 속 소리가 없는 참 조용한 세상과 말을 못 알아듣는 딱한 귀가 있다고 했지만, 내 거울 속엔 눈은 멀뚱멀뚱하고 입은 하마처럼 벌리고 히죽히죽 목구멍으로 웃고

있는 개그맨 같은 한 여자가 있다

　퇴근하는 남편에게 손으로 하트모양을 만들어 보이며 '오늘도 수고한 당신에게'라고 했더니, '오늘 뭐 잘못 먹었어?' 하면서도 싫은 표정은 아니다. 아이들에게는 머리 위로 큰 하트를 보냈더니 '헉, 무슨 일이라도…' 놀란 표정을 하면서도 딸아이는 손 하트로 답을 한다. 저녁 식탁에서 가족은 내가 보낸 하트 이야기로 보약을 먹었다. 약값 들이지 않은 공짜 보약을, 웃자. 웃으면 복과 건강은 물론이고 행복도 함께 하니, 어찌 웃지 않을 수 있으랴.

3부
오후 다섯 시와 여섯 시 사이

골목길 투어

　골목. 골목길, 몇 번을 되뇌어도 정겹다. 돌담 구불구불한 골목길 어귀에 어머니가 마중 나와 있을 것 같다. 대구로 이사와 십여 년이 지나도록 다니던 길만 쭉 다녔다. 내 행동반경 안에만 반들반들하게 길이 나 있다. 우물 안 개구리 같다. 날씨 좋은 봄날 움츠렸던 개구리가 우물 속을 폴짝 뛰어나오듯 나도 내 반경에서 벗어나고 싶었다. 골목길 투어를 해보기로 했다. 인터넷에 찾아보니 대구에는 다섯 갈래의 근대사 골목길 투어가 있다. 많은 사람의 추천이 2코스였다.

　동산 청라언덕을 오른다. '동무 생각' 바위 비가 먼저 눈에 들어온다. 박태준 선생이 학창시절 여학생을 사모했던 이야기를 듣고 이

은상 선생이 작시한 것에 박태준 선생이 곡을 붙였다. 옛날 기억을 더듬어 흥얼거려 본다. 청라언덕은 대구의 기독교가 뿌리내리고 정착한 지난 100여 년의 시간이 녹아 있는 곳이다. 당시 활동했던 선교사들이 기거한 집들은 지금 박물관으로, 전시실로 사용되고 있다. 건축양식 또한 동서양을 아울러 설계한 것이 당시로는 획기적이었을 것 같았다. 특히 집들의 주춧돌은 허물어진 대구 읍성의 돌을 가져와서 지었단다. 비록 외국에서 온 선교사였지만, 대구를 사랑하는 마음을 알 수 있었다. 그들 사랑은 바로 옆 '은혜의 정원'에도 고스란히 남아 있다. 이곳은 선교사와 가족들이 잠든 곳이다. 이 중에는 그의 고향에서 죽었지만 이곳으로 이장해 온 이도 있다. 계단을 오르며 나 자신에게 반문해 본다, 내 나라를 얼마나 사랑하느냐고. 아이들 영어 공부 어려워할 때, 입시에 지친 모습을 볼 때마다 안쓰러워 미국으로 이민을 가고 싶어 했던 나 자신이 부끄러웠다.

구십 계단의 삼일 운동 만세길 위에서 내려다보는 계산성당의 풍광은 사진으로 보는 것보다 훨씬 더 아름답다. 벽에는 옛 읍성 사진이 전시되어 있다. 사진 속에는 계산 성당 앞 냇가에서 빨래하는 아낙들과 물장난을 치는 아이들 얼굴이 해맑다. 만세 길을 내려와 도로 위를 걷는데 자동차가 지나자 도로가 흔들린다. 여기가 냇가가 있었던 곳이구나. 백여 년 전에는 맑은 물과 깨끗한 공기가 읍성 사람들의 행복이었을 거야. 지금 자동차 매연으로 찌든 공해와 혼잡함은 도시인의 스트레스인데 말이다. 성당 안에서는 미사 중이다. 성당 안 스테인드글라스에 한복 입은 한국인 남자와 여성의 상이 보고 싶었는데 아쉬웠다. 파리 여행 때 노트르담 대성당의 네 가지 색깔의 장미 스테인드글라스에 반해서 그 후 여행지에 가면 스테인드글라스에 관심을 가진다. 1886년 로베르 신부에 의해 설계된 계산성당은 서양식 건물로 입구에 두 개의 종각이 우뚝 솟아 뾰족집이라는 별명도 있다. 고딕 양식이 가미된 로마네스크 양식으로 아름다움은 전주의 정동성당과 쌍벽을 이루고 있다. 고 김수한 추기경도 이곳에서 사제 서품을 받고 신부가 되었다고 한다. 다리도 쉴 겸 등나무 벤치에 앉았다. 곁에 감나무가 이인성 나무란다. 화가 이인성의 그림 속에 계산성당과 함께 등장해서 그렇게 부른다고 한다. 계산동 일대는 나무도 역사를 쓰고 돌도 역사의 흔적을 담고 있다.

도로 위에 적힌 시를 따라 걷다가 멈춘 곳이 시인 이상화 고택 앞이다. 빼앗긴 들에도 봄은 오는가. 여행객의 쉼터 나무의자 위에도 선생의 시가 적혀 있어 차마 앉을 수가 없다. 이 집에서 선생이 사망하기 전까지 살았다고 한다. 빼앗긴 들에 봄이 오는 것을 애타게 기다리다 안타깝게 보지 못하고 1943년 세상을 떠났다. 이제 선생이 기다리던 봄은 왔지만, 하마터면 개발에 밀려 선생의 집이 허물어질 뻔했다는 안타까운 사연을 듣고 시민들이 철거를 막아서 이렇게 보존되고 있다. 그 옆 서상돈 선생 집도 마찬가지다. 보부상으로 돈을 모아 국채보상운동을 통해 국권을 회복하고자 했던 민족 운동가였던 선생. 유럽을 여행하다 보면 예술가들의 집터와 그들의 작은 추억도 보존되어 관광객을 모은다. 막상 가보면 허망 할 때도 있었다. 우리는 왜 독립운동가의 집을 허물어야 한단 말인가. 울컥 목에서 무언가가 치밀어 오른다.

골목을 돌아가니 벽화가 온통 뽕나무 그림이다. 임진왜란 때 명나라에서 파견된 장군 두사충이 조선에 귀화하여 터를 잡고 살았단다. 근대에는 시인, 화가, 소설가들이 살았다고 해서 예술가의 거리라고도 한다. 약전 골목으로 접어드니 한약 축제가 한창이다. 양말을 벗고 한방 족욕 체험을 했다. 여행의 피로가 풀리는 것 같다. 오랜 역사를 지닌 약전 골목도 차츰 수입 한약재에 밀려 그 명성이 바래졌다. 우리 산, 들에서 채취한 한약이 우리 몸에 제일이건만 국산은 자꾸 줄어들고 늘어나는 수입 한약재에 우리의 몸을 맡긴다고 생각하니 씁쓰레하다. '길다'의 경상도 사투리는 '질다'인데, '진골목'이란 이름은 긴 골목이란 뜻이다. 대구 유수 기업의 창업인들이 진골목 출신이다. 그 이름만으로도 유명세를 알겠다. 이제는 거의 식당으로 영업을 하고 있다.

골목이 담고 있던 오랜 시간을 느끼고자 천천히 걸었다. 골목에서 역사를 보고 조상을 만났다. 꼬불꼬불 이어지는 골목길이 삶의 굴곡인가 싶다.

선산先山과 수수떡

    콩밭 사이를 뚫고 선산先山을 오르는 길, 다람쥐 한 마리가 앞서 길 안내를 한다. 야트막한 봉우리를 두 개나 가진 아담하고 정겨워 보이는 산등성이에 가을 햇살을 받고 선 소나무는 두껍고 굴곡진 허리로 세월을 지고 있다. 칡넝쿨과 갈참나무는 서로 뒤엉켜 자주 찾아오지 않는 후손들을 꾸중하듯 품을 내주지 않는다. 앞서 가던 다람쥐가 넝쿨 속으로 사라진다.

    맞은편 산봉우리에도 추석 성묘객들로 와자지껄하다. 그곳은 도로와 가깝고 오르기도 쉬워 벌써 산소 근처에 자리를 펴 제물을 진설하고 아이들은 이리저리 뛰어다녔다. 우리는 넝쿨을 자르고 나뭇가지를 정리해 가면서 산을 오르느라 힘이 들었다. 겨우 산소에 올라 땀을 식히며 종손은 혼잣말처럼 '주려거든 이쪽 봉우리를 주지 하필 좋은 쪽을 내주어 후손들이 올라오기 어렵게 하네.'라고 한다. 모두 무슨 뜻인지 몰라 의아해했다. 사실인즉, 이 산 전체 두 봉우리가 시댁의 선산先山이었다.

윗대 조상 중 한량이신 분이 계셨다. 어느 장날 수수떡을 구워서 팔고 있는 부녀를 만났다. 술이 거나하게 취한 조상은 수수떡 장사의 딸이 마음에 들었다. 어찌하면 저 여자를 품을 수 있을까 하고 궁리를 하는데, 영리한 수수떡 장사는 그의 마음을 꿰뚫고 있었다.

"나리, 우리 딸이 부치는 수수떡은 고소하고 맛이 일품이지요, 대신에 값이 비쌉니다."

"비싸면 떡이 얼마나 비쌀라고."

조상은 여기저기 돈을 찾았지만 이미 술집에서 다 써 버린 뒤였다.

"그럼 우리 선산先山 한 봉우리를 줌세. 그 고소한 떡 한번 먹어보세."

약삭빠른 수수떡 장사는 지필묵을 가져와 계약서를 써 달라고 했다. 그렇게 해서 넘어간 산봉우리가 맞은편 산이다. 조상의 취기로 수수떡과 맞바꾼 산, 종손의 이야기가 끝나자 모두 어처구니가 없다는 표정들이다. 가까이 사는 사촌은 도로가 저쪽 산봉우리 쪽으로 나는 바람에 보상금이 몇억 원이 나왔다며 억울해 했다. 옆의 종숙도 저 봉우리는 명당자리라며 후손들이 돈도 많이 벌고 고위 공무원도 많다며 목멘 소리를 한다.

선산先山을 주고 수수떡을 먹은 조상은 다음 날 하인으로부터 모든 이야기를 전해 듣고는 '남아 일언 중천금이니라'는 한마디를 남기고 두문불출하였다.

수수떡 장사는 한량에게서 선산先山도 증여받고 딸도 지키는 현명한 사람이었다. 대동강 물을 팔아먹은 봉의 김선달을 능가하는 재주꾼이었다. 그의 후손들이 잘사는 것은 당연했다. 우리 한량 조상은 수수떡 하나에 선산까지 내어 주면서도 여자의 손목 한번 잡아 보지 못하고 선조先祖들에게 누를 끼친 죄인이 되었다. 또한, 양반의 체통까지 잃었다. 당신의 하신 일이 술 때문이라고 변명이라도 할 듯한데 양반 체면에 그러지 않았다. 자신의 말과 행동을 책임질 줄 아는 비록 한량이셨지만 큰어른다웠다. 그 시대에 계약이 문서화 되어야 효력이 발생하는 것을 알고 있는 떡 장사의 지혜가 놀라웠다.

후손들이 지금 저쪽 산봉우리가 돈이 된다고 해서 아쉬워할 것은 아니다. '하늘은 그 사람의 역량力量만큼만 재물과 재주를 준다'고 한다. 산봉우리 하나씩을 나누어 가지고 두 집안이 서로 잘 살았으면 되지 않았는가. 그것으로 서로의 몫이 된 것이다. 후손들이 지금까지 많은 대소가大小家를 이루고 잘살고 있는 것은 자신의 행동에 책임을 질 줄 알았던 조상의 너그러운 품성 덕택이 아닐까.

여자(남자) 친구와 왜 헤어졌나요

당신은 여자(남자) 친구와 왜 헤어졌나요? 2014년 국내 대기업 S 전자의 면접시험 출제 문항이다.

텔레비전 채널을 리모컨으로 누르다가 손을 멈춘다. 어, 이런 프로그램도 있었네. 출연진으로는 연예인과 외국인도 있다. 문제를 보고 모두가 당황한 표정이다. 어떤 기업의 면접시험 출제 문항을 놓고 전문적인 면접을 가르치는 학원의 유명강사와 그 분야의 책을 펴낸이 등 네 명의 면접관을 초대해 놓고 출연진들이 그 문제를 풀어가는 과정이다.

어떤 사람은 개인적인 이야기를 왜 해야 하는지를 모르겠다고 한다. 또는 출제 의도가 무엇인지 궁금하다는 이도 있다. 어이없어 허허 웃는 사람도 있다. 그 중에도 이성적인 기업에서 감성적인 답을 요구하는 이유를 찾는 이도 있다.

어떤 배우는 픽션으로 답을 한다. 그는 첫사랑을 십이 년 동안 이어 오고 있으며 지금은 결혼을 전제로 사귀고 있다고 한다. 면접관이 진실이냐고 묻자 '예'라고 대답을 하면서 동공은 흔들렸고 턱관절이 움직였다. 외국인 출연자는 국적이 다른 사람을 사귀다가 문화적 차이가 커서 헤어졌지만, 지금 생각해보면 그 차이를 극복할 수 있는 능력이 본인에게 부족해서였던 것 같다고 했다. 다른 한 사람은 사귀던 여자와 의견 충돌이 있을 때마다, 이건 아니다 하고 이별 통보를 했다고 한다. 되돌아 생각하면, 참 자기가 이기적인 사람이었으며 상대를 배려 할 줄 몰랐고 남을 이해하려고 하지 않았다고 했다. 마지막 한 사람은 사오 년 사귄 친구가 있었는데, 긴 시간 사귀다 보니 서로 소원해졌고 스스로 일에 빠져 헤어지게 되었다며 인연의 소중함을 헤어지고 나서야 알게 되었다고 했다.

나도 그 문제를 보고 어떻게 답을 해야 할까 당황했었다. 그러나 출연진들의 답을 들으면서 문제 출제 의도를 알 수 있었다. 면접관은 수험생들의 인성과 일에 대한 대처 능력, 상황적인 순발력, 사람들과의 배려와 어울림, 순간적인 스토리텔링 능력 등을 관찰하고자 했던 것 같다. 주입식 교육을 받은 나로서는 새로움과 참신한 기획을 본 듯했다.

학교를 졸업하고 모 기업의 입사 시험을 본 적 있었다. 학과 시험을 통과하여 면접시험을 보게 되었는데 예상 문제를 달달달 외웠던 기억이 난다. 요즘 같은 창의적인 답이 아니라 정형화된 답을 요구했던 것 같았다. 나는 아직도 주입식 교육의 틀 안에 갇혀 있다. 신호등 색깔은 빨강 노랑 초록이 당연하다고 생각했다. 거기에 '왜 다른 색깔은 안 되는지'를 생각해 보지 않았다. 거리의 표지판은 안 되는 것과 하지 말라는 명령만 있다. 그것을 긍정으로 고쳐 보려는 생각을 못 했다. 단지 신호등에 따라야 하고 표지판의 표시처럼 습관적으로 행동했다. 미국의 어떤 기업의 면접시험 출제 문항이 '당신이 길거리의 표지판이 된다면, 어떤 표지판이 되겠는가?' 였단다.

글을 쓰면서 내가 가지고 있는 틀이 너무 단단하고 무거워 버겁다. 벗어나 보려 발버둥을 쳐 보지만 나는 작아지고 틀은 커져만 간다. 글쓰기 수업시간, 합평을 할 때 수없이 지적 받았으면서도 쉽게 헐리지 않는 그 견고함이 나는 두렵다.

어느 원로 시인의 시 수업을 들은 적이 있다. 그는 창작의 어려움을 강의하면서, 산문이나 수필은 하루에도 쓸 수 있지만, 시는 많은 시간과 노력이 필요하다고 말한다. 어느 글쓰기인들 쉬운 것이 있으랴. 창작하는 것은 온몸의 기氣를 모아야 되는 작업인데, 그 시인은 여전히 수필이란 붓 가는 대로 쓰는 글인 줄 알고 있나 보다.

노래 가사 중에 니꺼 아닌 내꺼 같은 너, 내꺼 아닌 니꺼 같은 나, 처음 들을 때는 이게 뭐지 하면서도 재미있다는 생각을 했다. 나도

시 같은 수필, 소설 같은 수필을 써 보고 싶다. 아직 능력이 하나에서 두셋을 엮어가야 하는 창의력이 부족해 엄두를 못 내고 있다. 배움은 끝이 없는 것 같다. 내 글쓰기는 창의적인 새로운 교육이 필요함을 절실히 느낀다. '창작은 아무나 하는 것이 아니지, 천부적인 재능이 있어야 해. 아마도 난 글쓰기에 재능이 없나 봐'라고 한 내 틀에서 깨어날 수 있을까.

오후 다섯 시와 여섯 시 사이

하루의 일과를 마친 태양이 서쪽 하늘에 노을을 펼친다. 나도 서쪽 창가에 서 본다. 서로 닮았다. 나는 오후 다섯 시와 여섯 시 사이에 서 있다. 이 시간의 햇빛은 눈이 부시지 않다. 어둠이 드리워진 시간도 아니다. 이글거리는 열정은 잦아들고 불그레한 노을 빛깔이 곱고 아름답다.

깨알 같은 문자가 휴대폰 속으로 쏟아진다. 밥 먹자, 영화 보자, 차 마시자. 나도 얼른 답을 한다. 그러자.

내 젊은 시절에는 바로 답장을 보낼 수가 없었다. 언제 아이들이 엄마, 엄마 외칠지, 남편이 허둥대며 서류봉투 찾아 달라고 할지, 잡다한 일상들이 내 다리를 붙잡고 놓아주지 않았다. 동쪽 하늘의 붉은 해를 보고 벅차오르는 감정은 잠시, 만만찮은 삶이 내 등에 매달려 나를 조종하고 있었다. 그땐 일상의 답답함과 상념들이 기어가다 멈춘 개미 떼처럼 듬성듬성 무더기져 있었다.

종종거리던 내 시간도 이제 느긋하다. 남편과 아이들도 자기들 세계를 구축하느라 이제는 다급하게 나를 찾지 않는다. 강한 빛에 반사하여 금방 투시되어 쏟아내었던 나의 내면도 빛이 잦아들면서 뾰족한 모서리가 둥글어졌다. 외부에 대한 관심보다 내 안을 들여다본다. 내면의 폭이 넓어지는 것 같다.

노을을 이고 비스듬히 선 느티나무의 자태가 여유롭다. 단풍나무처럼 원색이 아닌 누르스름한 그 빛깔은 편안함과 부드러움이 있다. 자기만의 세계를 고집하지 않는다. 이해와 배려의 폭을 지닌 듯하다. 오후 다섯 시와 여섯 시 사이는 커피의 빛깔과 향기처럼 여유가 있다. 한 줌의 로즈마리 향처럼 그윽하다. 먼저 향기를 내뿜지 않는다. 누가 손을 잡아 줄 때 비로소 향기를 낸다. 꽃노을 잔잔한 오후 다섯 시와 여섯 시 사이는 어름의 시간이다. 어름은 이쪽과 저쪽을 아우르는 포용의 시간이다. 나의 시간도 함께.

무논에 서서

고함 소리에 놀라 개구리 한 마리가 풀숲에서 폴짝 뛰어나온다. 어떤 아이는 개구리를 잡으러 가고, 놀라서 우는 아이도 있다. 무논에는 얼굴이 하얀 아이들과 어른들이 와자지껄하다. 물방개 한 마리가 소란스러운 사이를 뚫고 도망을 간다. 그걸 잡으러 우르르 몰려간다.

아버지의 소집 명령이 내려졌다. 주말에 모내기한다고 자식들 집마다 전화해서 꼭 아이들 모두를 데려오라고 한다. 시골집 거실과 부엌에서 '요즘 모내기를 기계로 하지, 손으로 심는 집은 없을 거'라며 불평들을 하고 있다.

"다른 논들은 기계로 모내기 다 해 놨다. 집 앞에 작은 논 하나만 무논으로 남겨 두었으니 함께 모내기하자꾸나."

도시의 아파트 안에 갇히고, 학원에 짓눌린 손자들을 위하여 주말만이라도 자연에서 곤충을 보고, 무논에 발도 담가보고, 우리가 먹는 밥이 어디에서 시작되는지를 알려주고 싶으셨다. 아버지의 속 깊은 배려에 모두 할 말을 잃었다.

무논의 하루가 시작된다. 모판을 옮기고 논두렁 아래에서부터 모를 심는다. 아이들이 처음엔 서로 많이 심겠다고 하더니, 시간이 지나자 슬슬 꽁무니를 뺀다. 어린 동생들에게 거머리가 붙었다고 놀리니, 갈팡질팡 넘어지고 진흙에 빠지고 울며불며 들녘이 시끌벅적하다.

그 옛날 모내기 때가 되면 학교에서는 바쁜 부모님을 도우라며 3~4일간 가정실습을 했었다. 물론 숙제도 없었다. 학교에 가지 않아서 좋았다. 모내기 때면 어린아이도 가만히 놀지는 못했다. 어머니를 도와 새참도 내어 가야 하고, 논두렁에 앉아서 못줄을 넘겨주기도 했다. 그러다 깜빡 잠이라도 들면 무논에 굴러 떨어져 온몸에 진흙 범벅이 되기도 하였다. 가정실습 둘째 날부터 하기 싫었던 공부가 하고 싶어지고 무서웠던 선생님이 그리워졌다.

무논에는 물방개, 소금쟁이가 떠다니고 올챙이도 알 속에서 꼬무

락거리고 있다. 아이들은 처음에 무서워서 쭈뼛쭈뼛하더니 시간이 지나자 그것들을 손으로 잡아서 놀고 있다. 떡개구리 한 마리가 논둑에서 펄쩍 뛰어나왔다. 남동생이 잡아서 "옛날엔 개구리도 구워 먹었다"고 하였더니, 당돌하게도 아이들은 "맛있어요? 그럼 우리도 구워 먹어 봐요."라고 한다. 아이들은 환경의 적응이 빠른가 보다. 지금은 개구리를 구워 먹을 수 없다고 했더니 아쉬워했다.

새참이 왔다. 물김치와 비빔밥이다. 나물을 먹지 않던 아이들도 비빔밥을 맛있게 먹는다. 아버지는 손자들의 그런 모습을 흐뭇한 표정으로 바라본다.

"할아버지 밥 맛있지?"

불쑥, 한 아이가 동문서답을 한다.

"할아버지, 제가 오늘 심은 모는 제 꺼니까 저 주셔야 해요."

한바탕 웃음이 터진다. 무논은 파란 하늘과 맞닿아 푸르게 변해 가고 있다. 아버지는 논두렁에 서서, 저 아이들의 가슴도 무논처럼 푸르름으로 가득 채워지길 빌었을지도 모른다.

하얗던 얼굴이 모두 빨갛게 익었다. 석양도 붉게 서쪽 하늘에 걸려 있다. 기계로 반듯하게 심어진 옆의 논에 비해 우리가 심은 논의 모들은 삐뚤삐뚤 줄이 맞지 않았다. 그래도 아버지의 속 깊은 배려에, 아이들은 자연 속에서 서로 협력하며 살아가는 것을 배웠을 것이다. 항상 내가 일등을 해야 한다는 강박에서 벗어나, 여럿이 보조를 맞추면서 함께해야 무논이 파란 들이 되고 일을 끝낼 수 있다는 것을 알았을 것이다.

무논에 서서 아버지의 깊은 뜻을 새겨본다.

병아리에 대한 애상哀想

둥지 안에 어미 닭이 달걀을 품고 있다. 그 주위를 지날 때는 소리가 나지 않게 조심해야 한다. 닭이 알을 낳는 둥지는 볏짚의 끝을 서로 마주 보게 비틀어서 한 줌씩 엮다가 마지막 볏짚의 끝을 오므리면 둥그런 모양의 둥지가 만들어진다. 둥지 바닥에는 볏짚을 잘게 잘라서 깔아둔다.

점심때쯤 어미 닭은 매일 달걀 하나씩을 낳았다. 내가 둥지에서 달걀을 꺼내려고 하자 엄마가 "그냥 두어라, 닭이 알을 품어서 병아리를 키워야지."라고 한다. 나는 계란 프라이가 먹고 싶었지만 노란 병아리가 더 보고 싶었다.

어미 닭은 며칠 동안 둥지에서 내려오지 않았다. 닭의 둥지는 소 여물간 한쪽 구석에 매달려 있다. 그 곳은 외양간과 여물간, 그리고 변소간이 나란히 붙어있다. 어느 날 아버지가 소에게 여물을 주려고 여물간에 갔다가 어미 닭이 볏을 세우고 꼬꼬댁 꼬꼬 하면서 덤벼들 기세에 겁이 나 후다닥 뛰어나왔다.

"닭이 알을 까나 보다. 볏을 바짝 세우고, 둥지 주위에는 얼씬도 못 하게 하네."

호기심에 나는 아버지 몰래 살금살금 여물간 안으로 들어가 보았다. 그때 어미 닭은 소리를 지르고 날개를 퍼덕거리며 금방 내 눈을 쫄 듯이 쏘아 봤다. 너무 무서워서 뒷걸음질 치다 문턱에 걸려 엉덩방아를 찧고 그만 울음을 터트렸다.

"병아리가 곧 나올 모양이다. 누가 병아리를 해치는 줄 알고 병아리를 보호하려고 저리 겁을 준단다. 이 엄마가 너를 사랑하듯이 어미 닭도 병아리를 사랑해서란다."

엄마가 나를 달랬다.

노란 병아리 열 마리가 어미 닭을 종종종 따라다닌다. 어미 닭이 물을 먹으면 병아리도 물을 마신다. 어미 닭은 행여 병아리가 뒤처질세라 두리번거리며 앞에서 때론 뒤에서 병아리들을 몰고 다닌다. 풀밭이며 개나리 밑으로 먹이 찾는 법을 가르치는 모양이다. 나도 어미 닭을 졸졸졸 따라다닌다. 아니 병아리를 따라다닌다. 어미 닭은 나를 쏘아 본다. 그리고 병아리을 몰고 찔레나무 덤불 속으로 들어가 버린다. 나는 덤불 옆에 쪼그리고 앉아서 병아리를 기다린다.

나의 끈질김에 어미 닭도 포기를 했나 보다. 경계를 풀고 이제는 쏘아 보지도 않는다. 내가 모이통과 물통을 들고 오면 쪼르르 나에게로 달려온다. 그날도 한손에 모이통을 들고 다른 손에 물통을 들고 마당으로 내려가니 어미 닭과 병아리들이 쪼르르 달려왔다. 그때 하늘에서 솔개가 눈 깜짝할 사이에 병아리 한 마리를 발로 채어 갔다. 병아리는 삐악삐악, 어미닭은 꼬꼬댁 꼬꼬 하면서 하늘을 쳐다보고 울었다.

"병아리 줘!"

하늘을 향해 날아간 솔개를 쳐다보며 나도 소리쳤다. 다음날 부모님은 마당 한 귀퉁이에 땅을 파고 닭장을 지었다.

"병아리야, 안심해,"

학교에서 돌아오니 집에 아무도 없었다. 나는 병아리 모이와 물을 들고 닭장으로 갔다. 어미 닭과 병아리가 나를 보고 닭장 문 앞으로 쪼르르 달려왔다. 모이통과 물통이 닭장 안에 있어서 닭장 밖에서는 줄 수 없고 안으로 들어가야 했다. 병아리들을 밖으로 나오지 못하게 하려고 너무 깊게 땅을 파서 닭장을 만들어 놓았다. 나는 다리가 짧아 바닥에 발이 닿지 않았다. 겨우 폴짝 뛰어서 닭장 안으로 들어갈 수밖에 없었다. 그때, 내 발 밑에 병아리 머리가 밟혔다. 병아리는 삐악삐악 소리를 질렀고, 어미 닭도 꼬꼬댁 꼬꼬 하며 나에게 곧 덤벼들 기세였다. 너무 무서워서 닭장 밖으로 뛰쳐나왔다. 내 발에 밟힌 병아리가, 머리는 바닥에 쳐 박고 다리는 위를 향해 뱅글 뱅글 뱅글 돌고 있었다. 마당에 퍼질러 앉아 덜덜덜 떨고 있는 나를 보고 엄마와 아버지가 달려왔다.

"엄마, 다 닭~ 닭장에~"

팔을 부르르 떨며 닭장을 가리켰다. 부모님이 닭장에 갔을 때도 병아리는 여전히 뱅글뱅글 돌고 있었다. 아버지가 병아리를 잡으려 하자 어미 닭이 아버지 팔을 부리로 쪼아 피가 났다. 아버지도 병아리를 어찌하지 못했다.

며칠 동안 나는 몸이 불덩이처럼 뜨거웠고, 물 한 모금도 넘길 수가 없었다. 물론 학교에도 결석했다.

"얘가 놀라기는 엄청나게 놀란 모양이구나. 어린 마음에 얼마나 무서웠을까."

엄마가 찬물에 수건을 적셔 내 이마에 올려주었다.

"엄마, 병아리는 어떻게 되었어."

"병아리 죽었다. 아버지가 닭장 옆에 묻어 주었다. 어미 닭과 같은 곳에 있게 하려고 그랬다."

나는 병아리에게 너무 미안했고, 병아리가 불쌍하기도 하고 무서워서 또 훌쩍훌쩍 울었다.

"인제 그만 울어라. 어미 닭도 병아리도 네가 얼마나 저들을 사랑했는지 알 것이다. 그러니 뚝 그치고 밥 먹자."

그 후 나는 어른이 되어서도 병아리가 제일 무섭다. 학교 앞에 병
아리 파는 아저씨가 있으면 그 앞으로 지나지 못하고 한참을 빙 돌
아서 다니곤 했다. 우리 아이가 병아리를 사 오면 나는 얼른 다시
갖다 주라며 고함을 지르곤 했다. 아무 영문도 모르는 아이는 얼떨
결에 놀라서 병아리를 친구에게 주고 왔다. 아직도 볏을 세우고 꼬
꼬댁거리며 안절부절못하던 어미닭과 머리를 쳐 박고 뱅글뱅글 돌
던 병아리가 눈에 선하다. 얼마나 아팠을까를 생각하면 지금도 명
치끝이 아리다.

파란 하늘에 몽실몽실 병아리를 닮은 보드라운 구름이 내려다보
고 있다.

오! 내 새끼

추석날 아침. 종갓집 거실에는 차례를 지낸 제관들이 둘러앉아 아침을 먹는다. 워낙 사람이 많아 남자들이 먼저 식사하고 나면 그다음 여자들이 식사한다. 단 예외로 구순의 시어머니만 남자들과 함께 식사 중이다.

시어머니는 종가를 이어갈 증손을 옆에 앉히고 이것저것 음식을 챙긴다. 맛난 음식을 증손 앞으로 당기고 당신이 드시던 젓가락으로 음식을 뒤적이며 먹기 좋게 숟가락 위에 올려준다. 때론 당신이 먹던 숟가락으로 증손에게 밥을 먹이기도 한다. 이를 지켜보는 아이의 어미인 큰 질부는 얼굴이 사색이다. 그리고 "할머니 그 아이 혼자서도 잘 먹습니다. 할머니 식사 하세요." 한다. 시어머니는 들은 척도 하지 않고 여전히 아이에게 당신의 숟가락으로 국을 떠먹인다. 중학교 삼학년인 덩치가 큰 아이는 어찌할 바를 몰라 제 어미 얼굴 한번 쳐다보고 증조할머니 숟가락 쳐다보고 땀을 삐질삐질 흘린다. 생선은 손으로 찢어서 접시에 담아 아이 앞으로 당겨 놓는다. 탕국도 당신의 숟가락으로 다져 놓는다. 이를 지켜보는 며느리들과 손부들의 얼굴은 민망함이 가득하다. 특히 아이 어미인 큰 질부가 제 시어머니에게 할머니 좀 말려 달라고 하는 애절한 눈빛을 보내보지만, 제관들 앞에서 종부는 함구한다. 아니, 종부는 이미 시어머니의 속을 알고 있는 듯하다. 속이 타는 건 큰 질부뿐이다.

어미 소가 밤새 끙끙 앓더니, 아침에 송아지를 낳았다. 갓 태어난 송아지는 얇고 미끌미끌한 투명 막 같은 것에 쌓여 있었다. 일어서려고 안간힘을 써 봐도 비틀비틀 거릴 뿐 쉽게 일어나지 못한다. 어미 소가 송아지에 둘러진 막을 혀로 핥아준다. 송아지는 금세 갈색의 윤기 있는 털로 뽀송뽀송해졌다. 그리고 일어나서 어미 소의 젖을 빨기 시작한다. 동물도 어미의 디엔에로 자식을 거둔다.

쇼핑을 하다 그릇가게 앞에서 발을 멈췄다. 아기자기한 예쁜 그릇이 자그마한 게 앙증맞다. 예전에는 국도 큰 그릇에 담아 여럿이 함께 숟가락으로 먹었다. 찌개도 냄비째 상에 올려 같이 먹었다. 그래야만 밥상머리에서 정이 난다고 했다. 요즘 식탁에는 각자 앞 접

시가 있어 자기가 먹을 만큼만 덜어서 먹는다. 내가 어릴 적엔 맛난 음식 앞에서 많은 형제의 숟가락 부딪치는 소리가 요란했었다. 지금은 형제도 많지 않다. 물론 옛날에는 음식은 부족했고 형제가 많았다. 그래서 형제들 간 식탐이 대단했다. 요즘은 풍족한 음식에 비해 나누어 먹을 형제가 없다. 먹고 싶은 건 언제든 먹을 수 있으니 숟가락 싸움 할 필요가 없다. 먹을 만큼만 덜어서 먹으니까 정갈하고 깔끔해서 좋다. 음식물 찌꺼기도 줄어든다.

시어머니가 증손자에게 밥을 떠먹이는 것을 두고, 시어머니와 큰 질부는 생각이 다르다. 세대 차이에서 오는 가치관이 같지 않다. 큰 질부에게는 무엇보다도 위생이 중요한데, 시어머니에게는 증손자를 많이 챙겨 먹이는 것만 소중하다. 아마도 시어머니만의 종족보존 의식이 발동한 것은 아닐까? 이건 이 가문의 대를 이를 종손이 먹을 음식이니 그 누구도 넘보지 말라는 영역을 다진 건지도 모른다. 우주의 모든 생명 있는 것들의 종족보존 법칙인 셈이다.

그 길에는

하얀 찔레꽃 덤불 사이로 파란 새순이 돋는다. 순을 꺾어 입에 넣어 본다. 찔레 새 순의 맛은 떫고 들큼하다. 이맘때면 그 길에도 찔레 순이 길게 오르고 꽃은 만발滿發하다. 자줏빛 노을 아래 하얀 찔레꽃이 붉다. 길섶에 핀 토끼풀꽃을 뜯어 꽃 가락지로 만들어 친구에게 끼워준다. 그 길로 동네 아이들이 푸른 꿈을 몰고 올망졸망 초등학교를 다녔다.

봄 햇살을 받아 아지랑이가 아물거린다. 노란 배추꽃 위에 앉은 나비를 잡느라고 아이들이 분주하다. 산에 지천으로 핀 진달래꽃과 새 솔가지로 허기를 채우고, 보리밭에 종달새를 쫓는다. 가난한 봄볕이 따사로운 정을 낸다.

여름에는 누가 먼저랄 것도 없이 강물로 뛰어들면 노을은 웃으면서 비켜가고 어둠이 와서 아이들을 집으로 데려간다. 코스모스 핀 가을 하늘엔 고추잠자리가 길을 따라 날고 있다. 아이들도 달린다. 길은 깔깔대는 웃음을 담고 뒤를 따른다. 메뚜기를 잡아 누가 더 멀리 강물에 던지나 내기를 한다. 메뚜기는 몸서리치며 강가로 헤엄쳐 나온다, 길 옆 시냇물은 아이들의 짓궂은 장난도 받아 주는 놀이터다.

군것질거리도 있다. 과수원의 사과, 감, 배는 장대 하나면 쉽게 딸 수 있다. 물론 주인의 동태를 자세히 살피고 난 뒤 행해지는 서리다. 고구마나 무 밭도 그저 지나치지는 법이 없다. 그러다 주인이 보면 줄행랑을 친다. 주인은 허수아비마냥 아이들의 뒷모습을 보면서 껄껄껄 웃고 만다. 너그러움이 있는 길이다.

한 아이가 길섶에서 총알을 주웠다. 호기심으로 그것을 돌로 내려쳤다. 총알은 무섭게 튀어 오르며 굉음을 내고 터졌다. 사방으로 날아가 아이들도 상처를 입었다. 아직도 그 상처를 싸안고 사는 친구가 있다. 철없던 시절의 실수가 평생의 짐이 된 것이다. 정전된 직후라 곳곳에 불발탄이 많았다. 면사무소에서는 그것들을 신고하라고 했지만, 당시 어른들의 무관심과 태만함이 아이들에게 큰 상처가 되었다. 그 길에는 전쟁이 있었다. 어른이 되어서도 그때 이야기를 하면 추억보다는 아픔으로 가슴이 저리다.

겨울이면 강물 위 징검다리가 미끄러워 얼음물에 빠지기가 십상이다. 물에 젖은 채 학교로 가면 발은 얼어서 동태가 된다. 그래도 학교 교실에는 따뜻한 난로가 있어 언 발을 녹여 주었다.

이제 그 아이들이 다녔던 길은 풀이 무성하다. 도깨비가 나온다며 무서워했던 바위 구멍은 조그만 웅덩이에 불과했다는 것을 그때는 몰랐다. 비오는 날이면 바위 구멍에서 도깨비 귀신이 흰 천을 쓰고 그 앞을 지나는 사람을 잡아간다고 했다. 비가 오면 그 길을 빙 둘러서 가곤 했다. 이제 아이들은 더는 그 길로 다니지 않는다. 학교 버스가 동네에 한둘뿐인 아이를 태워 가고 태워 온다. 얼굴이 하얀 아이들은 몇 개의 가방을 어깨에 메고 영어, 미술, 피아노, 수학 등의 학원으로 쳇바퀴처럼 돌며 하루를 바깥에서 바쁘게 보낸다. 집에서는 컴퓨터 게임에 빠져 혼자가 익숙하다. 그들은 길 위에 보물이 숨겨져 있는 걸 모른다. 그래서 찾을 줄도 모른다,

그 길에는 꿈과 희망이 있었고 추억과 사랑도 있었다. 지금은 풍경이 되어 버린 길. 아직도 길은 장난꾸러기 아이들을 기다리고 있을 것이다. 길 위에 아이들의 재잘거림을 숨겨 놓고 때마다 다른 색깔로 스케치하며 스스로 묻고 답을 하고 있겠다. 사람들이 말을 걸어올 때까지 기다리고 또 기다릴 것이다. 그 길에는 아직도 내 유년의 삶이 자박자박 걸어 다니고 있다.

4부

아버지의 꿈

로마에 가면 로마법을

　일상에서의 탈출과 새로움에 대한 설렘을 가득 안고 여행을 떠난다. 세계 3대 요리로 이름 난 터키에서의 첫 식사인지라 호텔 지하 레스토랑으로 가는 발길이 부푼 기대감에 흥겹다. 힘차게 문을 밀어젖히며 레스토랑 안으로 들어갔다. 순간, 내 눈을 의심했다. 문 앞 테이블 위에 놓인 컵라면. 새ㅇ탕면, ㅅ라면, 안ㅇ탕면……. 주위를 둘러보니, 한국의 중년 부부들이 계모임으로 여행을 온 듯했다. 컵라면 뚜껑을 열어놓고 뜨거운 물을 요구한 것인지, 웨이터들이 당황한 표정을 하고 있었다. 자세히 보니, 식탁 위에는 김치, 고추장, 된장, 김, 일회용 밥까지 한국식당으로 착각할 정도였다. 또한, 목소리들은 어찌나 큰지, 주위의 외국 여행객들이 힐끔힐끔 쳐다보고 있었다. 우리는 한쪽 구석에서 대충 식사를 하고 얼른 나와 버렸다.

한국 농촌을 여행하는 프랑스인 가족을 소개한 텔레비전 프로그램을 본 적이 있었다. 그들은 시골 할머니들이 맨손으로 겉절이를 해 준 나물에 고추장과 된장을 넣어 밥을 비벼 먹었다. 이마에서는 땀이 송골송골 맺혔다. 맵지 않으냐고 피디가 물으니, 호호 입술을 오므려 불면서도 좋았다며 새로운 맛을 느꼈다고 했다. 재래식 화장실을 다녀와서는 신기한 경험을 한 표정을 짓기도 했다.

카파도카아에서 점심을 먹으려고 식당에 들어갔다. 며칠 전 호텔 레스토랑에서 본 중년의 부부 일행과 다시 맞닥뜨렸다. 그들의 식탁 위에는 여전히 김치, 고추장, 김 등이 놓여 있다. 참 대단하다. 저걸 가방에 메고 다니려면 얼마나 무거울까. 혼자서 웃었더니, 같은 한국 사람을 만나서 반갑다며 고추장과 김을 준다. 우린 현지 음식을 먹을 거라고 사양했다. 음식이 영 입에 맞지 않느냐고 물었다. 원래 치즈는 좋아하지 않는데다가 다른 것들은 향이 거슬려서 먹을 엄두가 나지 않는단다.

"그래도 터키에 왔으면, 여행지의 음식도 먹어봐야 되지 않겠어요. 그것도 여행하는 목적 중 하나이지 않나요? 텔레비전에서 보면 다른 나라 사람들이 한국의 음식들을 먹으러 오기도 하잖아요."

'한식의 세계화'를 생각해 봤다. 한식이 세계화되려면 여러 나라의 음식 체험도 해 봐야 할 것 같다. 우리 것만 고집해서는 한식의 장단점을 어찌 알 수가 있을까. 이미 우리는 알게 모르게 세계화 속에 살고 있다. 남의 것도 알아야 내 것의 옳고 그름도 알 수 있지 않을까. 첫날 레스토랑에서 본 충격적인 장면이 계속 머릿속에서 떠나질 않는다.

며칠 뒤 호텔 레스토랑에서 그 일행을 또 만났다. 반갑다고 서로 인사를 한다. 그들의 식탁에는 고추장 하나만 보이고 수프와 빵, 그리고 샐러드가 놓여 있다. "김치 떨어졌어요? 고추장만 남았나 봐요?"라며 다소 퉁명스러운 인사를 건네니, 현지 음식에 적응해 보려고 노력 중이란다. 배고프면 먹을 수 있을 것 같아 어떤 날은 온종일 한 끼만 먹었다고 한다. 거의 일주일이 되니까 조금씩 먹을 수 있는 것이 있어서 다행이라며 열없게 웃는다. 그리고 배낭이 가벼워져서 좋다고 했다. 나는 엄지손가락을 치켜세워 보였다.

언젠가 남이섬에 갔다가 일본인 여행객들과 함께 닭갈비와 막국수를 먹은 적이 있었다. 닭갈비 맛이 어떠냐고 물었더니 맵고 맛있다고 했다. 특히 비빔 막국수를 먹으면서 얼굴에 땀과 눈물이 범벅되었다. 육수를 먹고 수건으로 얼굴을 닦아가면서 맵다고 호호 혀를 내밀었다. 여행은 새로운 것에 대한 도전이라고 했더니, 도전이 너무 매워요라고 해서 배를 잡고 웃었다. 그래도 춘천에 왔으니 이곳의 유명한 음식을 먹어봐야 되지 않느냐고 도리어 내게 충고하듯 말한다.

여행은 낯섦에 대한 낯익히기가 아닐까? 여행지의 풍경과 풍습을 보면서 자신과 우리나라를 돌아 볼 수 있는 기회가 되기도 한다. 때론 현지인의 생활을 체험하면서 그들을 이해하게 되고 새로운 것에 도전도 해본다. 낯섦에 낯익힘으로 다가가는 것도 어쩌면 여행지에 대한 예의가 아닐까.

특별한 인연

전화벨이 울린다. 그녀가 아들 며느리 손주까지 데리고 온다고 한다. 갑자기 마음도 몸도 바빠져 허둥댄다. 그동안 입맛은 바뀌지 않았는지, 그 집 며느리는 어떤 음식을 좋아할지 몰라 시장이며 마트를 몇 바퀴째 돌아다니고 있다.

아들의 학교에서 전화가 왔다. 선생님의 목소리가 떨리고 있었다. 아들의 이가 부러져서 병원에 있다고 했다. 부랴부랴 병원에 갔더니 아들의 얼굴은 피범벅이고 입술은 퉁퉁 부어 있었다.

아침 조회 시간에 운동장을 나가는데 옆 반에 전학 온 학생이 자기보다 먼저 계단을 내려간다며 뒤에서 밀어 버렸단다. 아이들은 줄줄이 넘어지고 계단 제일 아래에 있던 아들이 시멘트 바닥에 얼굴이 부딪쳐 이가 부러지고 타박상으로 상처가 났었다.

저녁에 그 아이 어머니가 찾아와서 미안하다며 치료비를 걱정했다. 이전 학교에서도 같은 반 아이를 때리고 선생님께 욕을 해서 이 학교로 전학을 왔다고 했다. 초등학교 때에는 착하고 공부도 잘했던 아이였다. 부모가 이혼하고 어머니는 생계를 위해 직장에 다니느라 아이는 항상 혼자였다. 중학생이 되면서 아이는 거칠어지고 또래들과 어울려 다니면서 남의 돈도 뺏고 폭력도 휘둘러서 아이 어머니는 그 뒤치다꺼리로 지쳐 있었다.

"아이들이 자라는 과정에서 다치기도 하고, 특히 남자아이들은 팔도 부러져서 깁스를 하고 다니기도 하던데요. 아무래도 딸보다는 아들이 사춘기를 보내기가 더 힘들죠."라고 했더니 나를 잡고 엉엉 울었다.

며칠 후 아들의 생일에 그 모자母子를 초대했다. 아이는 어머니의 손에 끌려서 억지로 온 듯했다. 나는 반갑게 "어서 와, 오느라고 힘들었지? 이렇게 와 주어서 고마워" 하자, 그제야 아이는 쭈뼛쭈뼛 쑥스러워 한다. 그 모습이 착하고 공부 잘했던 예전의 아이로 돌아가 있었다. 저녁을 먹고 음식을 조금 싸 주었더니, 다음 날 그녀는 과일을 사서 아이와 함께 왔다. 우리 아들도 첫날은 데면데면하더니 다음 날부터는 같이 게임도 하고 텔레비전을 보면서 서로 웃기도 했다. 덩치만 컸지 아직 어리기만 한 녀석들이었다.

가끔 특별한 음식을 하는 날이면, 모자母子를 불러서 함께했다. 휴일이면 남편도 아들과 그 아이를 함께 목욕탕에 데리고 갔다.

여름이 가을에 쫓기던 어느 날, 벨 소리가 요란해 나가 보았더니, 그녀가 현관 앞에서 나를 꼭 껴안는다. 아들이 고등학교에 가겠다고 했다며 눈물과 콧물이 범벅이 된 얼굴로 활짝 웃었다. 얼마나 아들 때문에 가슴앓이를 했을까? 나도 함께 눈물을 흘렸다.

그리고 몇 년 후 그 아들이 서울에 있는 대학에 합격했다는 전화가 왔다. 지금은 서울 근교 대기업에 다니고 결혼을 해서 아들까지 낳아 그녀는 손자를 보고 있단다. 손자가 아들을 꼭 닮았다며 너무 예쁘고 사랑스럽다고 했다. 시간이 나면 며느리와 손자까지 데리고 한번 들리겠다고 늘 인사말처럼 했었다.

그들이 휴가를 내서 온다고 한다

밥 한 그릇도

　어느 수필가의 변辯이다. 주위 사람들의 부추김으로 수필집을 냈다. 벌거벗은 자신을 차마 누구에게 보여주기가 부끄러워 책 상자도 풀지 못하고 쌓아두었다. 이사를 할 때마다 책장에 묵은 책들은 버렸지만, 차마 자기 책을 버릴 수가 없어서 몇 번의 이사에도 끙끙거리며 책 상자를 안고 다녔다.　식구들의 눈치가 보였다. 몇 년의 세월이 지나 이젠 책을 치워야겠다고 마음을 먹었다. 책 상자를 버리려는데 마침 폐지를 줍는 등 굽은 할머니를 만나 그에게 주었다. 자신의 책이 짐수레에　실리는 걸 보면서 수필가는 이 책이 저 할머니의 한 끼 밥 한 그릇이 되어 다행이라 생각했단다.

　친하게 지내는 수필가가 있다. 수필집을 낸 지도 오래된 것 같아 "선생님, 책 내실 때가 지났지요. 원고도 많으실 텐데, 슬슬 책 낼

준비를 해야겠네요." 했더니, 자기는 이제 책 그만 만들 거라고 한다. 수요보다 공급 과잉 시대이다. 누구라도 마음만 먹으면 책을 낼수 있다. 친구는 아이들 유치원 때 그린 그림이랑 초등학교 때 그림일기를 책으로 만들어 그 아이가 결혼할 때 선물로 줄 거라고 한다.

어떤 작가는 자기 책을 아무리 친한 지인이라도 공짜로 나누어주지는 않는단다. 공짜로 받은 책은 냄비 받침으로 쓰일까봐 줄 수가 없다고 한다. 책을 달라고 하는 지인들에게는 자기가 커피를 사줄 테니 책은 돈 주고 사 보라고 한단다. 돈을 주고 산 책은 그나마책꽂이에라도 꽂아둔다는 것이다.

옛날 시골에서는 화장지 대신 책이나 신문을 사용했다. 화장실용무를 보며 읽던 책장을 찢어서 화장지로 썼다. 지금은 책을 찢어서 화장지 대용으로 쓰는 이가 없다. 옛날과 달리, 종이의 질이 좋아져서 그런지, 종이를 비비면 부드러워지지 않고 오히려 접힌 부분이 날카로워져 잘못하면 살을 베기가 십상이다. 또한, 질 좋은 화장지가 많은 탓도 있다.

나는 책 쓰기 포럼이란 수필 수업을 듣는다. 매달 두 편씩 글을써야 한다. 4학기 수업 동안 한 학기에 열 편씩, 사십 편의 글을 써서 수필집 발간을 그 목표로 한다. 이제 한 학기가 남았다. 내 글이책이 되어 나온다니 떨리기도 하고 설레기도 한다. 하지만 먼저두렵고 무섭다. 내 책이 나왔다고 해도 넙죽 누구에게 줄 수 있는 소견머리가 못된다. 소속된 문인협회에서 몇 권의 동인지에 작품을 발표하였지만 내 작품이 실려 있는 책을 가족 이외에는 주지 못했다.

시간이 지나 내 책이 나올 것이다. 몇 년을 서재 한 귀퉁이에 상자째 놓였다가 언제쯤 나도 책 상자를 폐지로 내놓을지 모른다. 그때는, 누군가의 한 끼 밥 한 그릇도 되지 못할 것 같아 걱정이다.

코리안 드림은 끝나지 않았다

그녀는 넋을 놓고 있다. 커피믹서가 맛있다고 좋아했는데, 입도 대지 않은 채. 커피는 싸늘하게 식어가고 있다. 그녀와 마지막 수업을 하는 친구들도 책만 보고 있다. 무슨 말이라도 해야겠는데 입안에서만 맴 돈다. 한참이나 침묵을 지키다가 누가 먼저라고 할 것도 없이 거의 동시에 말을 꺼냈다.

"선생님, 그동안 정말 고마웠습니다, 저 이야기 다 들어 주셔서……."

"츄이안, 건강해야 해……."

서로 눈을 마주치지 않으려고 엉뚱한 곳으로 얼굴을 돌렸다. 우리는 끝끝내 눈물을 보이지 않았다.

자원봉사로 다문화가족 여성들에게 한국어를 가르치고 있다. 처음 만나던 날, 하얀 원피스에 분홍색 카디건을 입고 웃는 그녀의 모습이 예뻤다. 다른 동남아인들은 가무잡잡했는데, 그녀는 베트남에서 온 것 같지 않았다. 다들 낯이 설어 어색하고 서먹한 분위기였다. 그때, 그녀가 분위기를 반전시켜 주었다.

"선생님, 안녕 하세요. 한국어 어려워요. 열심히 배울게요."라며 웃었다.

그다음 주 수업에 그녀가 눈에 안대를 하고 왔다. 눈이 왜 그러냐고 물었더니, 웃기만 했다. 수업이 끝나 갈 무렵 필리핀에서 온 미숙 씨가 불쑥 말을 꺼냈다.

"선생님, 츄이안이 남편한테 맞았대요. 그래서 눈이 아파요."

그제야 츄이안은 훌쩍이며 눈물을 닦았다. 남편이 때린 이유가 뭐냐고 물었다. 아기 분유가 떨어져 사야 한다고 했더니, 분유 값 준 걸 베트남에 부치고 분유를 떨어지게 했다며 폭언과 폭행을 했단다. 아니라고, 베트남에 돈 부치지 않았다고 하니 거짓말한다고 더 심하게 주먹을 휘둘렀단다.

그녀의 남편은 택시 운전을 한다. 성격이 괴팍하고 대화할 때도 항상 욕을 섞어서 하였다. 그녀의 나이 서른한 살, 남편은 쉰다섯 살. 결혼할 때 친정 부모님께 매달 얼마간의 용돈을 주기로 하고 결혼을 했다. 처음 6개월은 그런대로 행복했다. 그 후부터는 친정 부모님의 용돈은 고사하고 그녀가 생활비 떨어졌다고 하면 베트남에 돈 부쳐주었다는 억지를 쓰며 욕설과 폭행을 가했다. 네 살짜리와 이제 막 돌이 지난 사내 아이 둘을 두었다. 둘째 아이 4개월 되던 날이었다.

"선생님. 둘째, 어린이집 맡기고 저 일 하러 가요. 남편이 저보고 일 하러 가라고 했어요. 이제 공부 하러 못 와요."

몇 주 뒤 그녀가 휴대폰 가게에서 일한다기에 가 보았더니, 얼굴이 훨씬 밝아져 있었다. 직접 자기가 돈을 버니까 좋다고 했다.

몇 개월이 지난 어느 날 수업 도중에 그녀가 들어왔다. 그 사이 바짝 마르고 얼굴엔 기미가 생겨 못 알아볼 정도였다. 모두 놀랐다. 둘째가 어린이집에 적응을 못해 밤마다 보채고 울면 남편은 아이를 어떻게 보느냐고 욕설을 하고 폭력을 휘두른다고 한다.

복지관에서 남편의 심리 상담을 했다. 어린 시절 부모의 사랑을 못 받고, 교육도 제대로 받지 못했다. 거리의 사람들과 어울려 다니다 성격이 괴팍하고 폭력적으로 되었다. 택시 운전을 하지만 벌이가 시원찮아 생활은 어려워졌고, 아이들이 자라며 생활비가 늘자 베트남에 돈도 못 부칠 형편이 되었다. 그러자 츄이안에게 미안했고 자격지심이 생겨 술을 먹고 술주정으로 아내를 괴롭힌다고 했다. 상담 당시 앞으로 절대 안 그럴 것이라고 다짐하고서 시간이 지나자 그 버릇이 다시 돌아왔다.

"선생님, 도저히 안 되겠어요. 아이들 데리고 베트남으로 돌아갈 거예요."

"츄이안, 신중히 그리고 충분히 생각해요. 여자 혼자서 아이 둘 키우기가 쉽지 않아요. 또 교육비는 어떻게 감당하려고요. 낯선 곳에서 아이들은 어떻게 적응을 할 수 있을지? 다시 한 번 더 생각해 봐요."

나는 이렇게 말할 수밖에 없었다. 몇 주가 지난 뒤 퀭한 눈으로 그녀가 왔다. 전날 저녁에도 남편이 욕설을 퍼부었다며 휴대폰에 녹음한 걸 들려준다. 도저히 끝까지 들을 수 없을 만큼 욕들이 줄줄이다.

"선생님, 내일 베트남 가요. 비행기 표 예매 했어요.   남편 출근하면 갈 거예요."

그녀가 다부지게 마음을 굳힌 것 같아 더는 설득할 수 없었다. 한국인으로서 미안했고 면목이 없었다. 그녀의 굳은 의지와 성실성, 그리고 아이를 너무도 사랑하는 걸 안다. 현실을 잘 이겨내고 두 아들을 잘 키워서 당당하게 우리 앞에 다시 나타날 거라고 믿는다. 먼 후일 '선생님' 하면서 내 앞에 활짝 웃으며 서 있는 그녀를 기대하면서.

태백 눈 축제

축제장이다. 때맞춰 굵은 눈송이가 우리를 맞이한다. 백두대간을 타고 흐르는 골짜기를 메우고 선 대형 눈 조각 작품들, 그 웅장함에 놀라고, 화려하고 미려한 솜씨에 경탄했다. 하늘에도 땅에도 온통 새하얀 눈이다. 말 그대로 눈 축제다. 분위기에 미끄러져 넘어지면서도 탄성을 질렀다. 머리 위로 하얗게 눈을 뒤집어쓰고 눈 조각 사이를 걷는다. 우리가 움직이는 눈 조각상 같다.

조각상과 눈을 맞춘다. '모자상'은 어머니가 아들을 내려다보는 눈길이 얼마나 정답고 따뜻하던지 차가운 눈 조각에서 따뜻함이 느껴진다. '꽃을 든 신부'의 조각상은 꽃도 드레스도 우아하고 아름다웠지만, 신부의 얼굴에 근심이 있어 보인다. 아마도 눈 때문에 길이 막혀 신랑이 많이 늦나 보다. '거북선과 이순신 장군'도 곧 명량

해전으로 나갈 채비를 하고 '스티브 잡스'의 얼굴은 심각해 보인다. 아마 우리나라 삼성 스마트폰에 겁을 먹었나 보다. 그의 옆에 작은 휴대폰은 앙증맞고 귀여웠다. 북극 가까이에서 온 '러시아 궁전'은 이깟 날씨가 뭘 그리 춥다고 호들갑이냐고 빈정대듯 서서 궁전 문을 비스듬히 열고 있다. 한참을 그렇게 눈 조각상에 붙잡혀 있었다. 눈길을 따라 이글루 카페를 들어섰다. 커피의 진한 향이 얼음 위로 베어 나왔다. 따뜻한 아메리카노 한 모금에 몸을 녹인다. 얼음 의자에 앉아 마시는 커피 맛은 여태 먹어본 것 중에 일품이다.

여전히 하늘에는 함박눈이 팡파르로 흩날리고 있다. 눈길을 따라 추억의 먹거리 코너로 찾아 들어선다. 연탄불 위에서는 군밤과 옥수수, 그리고 오징어가 군침을 돌게 한다. 한쪽 연탄불 위에선 국자에 설탕과 소다를 섞어 녹여 갖가지 모양을 찍어 내는 추억놀이 '달고나'를 하느라 사람들의 넋이 빠져 있다. 나도 별을 만들어 보았지만, 자꾸만 귀퉁이가 잘려서 결국엔 별을 따지 못했다.

비탈진 언덕에 잘 지어진 석탄 박물관. 먼저 그 규모에 놀라고, 하나하나 진열된 전시물에 한 번 더 놀랐다. 그리고 태백 주위에 그렇게 많은 탄광이 있었다는 게 제일 놀라웠다. 고작 내가 알고 있는 것은 동원 탄광, 대한 중석 정도였는데, 그 많은 탄광 이름에서 옛 태백의 번화함이 눈앞을 스쳤다. 그때는 종종 드라마 배경도 되었는데, 누가 더 나을 것도 없는 고만고만한 사람들이 모여 살았다.

저녁 찌개가 끓으면 탄광 일을 마치고 새하얀 이를 드러내고 아버지들이 집으로 돌아왔다. 식구들이 옹기종기 앉아 맛있게 식사하는 풍경이 있던 아파트는 지금 텅 비었다. 황량하고 스산한 느낌마저 들었다. 석탄 박물관을 둘러보면서 열악한 환경에서 힘든 작업을 했을 그들에게 미안하고 고마웠다. 덕분에 우리는 따뜻하게 살 수 있었고, 우리나라 산업 발전에 원동력이 되기도 했다. 하지만 아직도 진폐증으로 고생하고 계시는 분들이 있다는 것을 알았다. 부디 빨리 완쾌하시어 건강하기를 기도해 본다.

백두대간에 우뚝 솟은 태백산은 사람을 포근히 감싸 안고 있다. 우리 인간이 자연의 일부에 불과하다는 것을 가르쳐 주는 것 같다. 그 사실을 망각한 사람이 자연을 도구로 사용함으로써 지배한다고 생각했다, 자연의 주인인 양. 얼마나 어리석은 자만이인가.

백두대간의 품 안에 안긴 나를 본다. 이 거대한 자연 앞에서 인간은 신의 걸작도 만물의 영장도 아닌 무수한 생명체 중의 하나일 수밖에 없다는 진화론의 한 구절을 생각한다.

아버지의 꿈

고추밭의 하루가 시끌벅적하다. 여름 햇빛 촘촘한 틈새로 찾아드는 실바람이 치마꼬리에 살랑인다. 언뜻언뜻 쳐진 거미줄 위에 하루살이 지친 날개가 널브러져 있고 청개구리는 거미줄에 매달린 이슬방울에 몸을 축인다.

여섯 남매 부부가 여름휴가를 대신해 부모님 일손 돕기에 나섰다. 연로하기도 하지만 요즘 몸이 많이 편찮으신 부모님이 고추 따는 시기를 놓쳤다. 밭에는 온통 붉은 고추가 주렁주렁 달려있다. 행여 비라도 오면 고추가 무를까 노심초사했을 부모님 생각을 하니 고추 따는 손이 절로 바빠졌다.

여름방학이면 고추 따는 일로 거의 대부분의 시간을 보냈다. 덥기도 하거니와, 고추의 매운 성질이 눈도 따갑고 손도 아리다. 고추 따는 날은 서로 핑계를 대어 피해 보려고 한다. 그날은 날씨가 무척 더웠다. 아침 일찍 아버지는 우리를 깨워서 아침밥 얼른 먹고 고추 따러 가자고 했다. 나는 고추 따러 가기 싫어서 친구와 숙제하기로 했다는 거짓말을 생각해 두었다. 그런데 쉽게 말이 나오지 않아 머뭇거리고 있었다. 그때 옆의 둘째가 친구 집에서 숙제하기로 했다고 한다. 아버지는 그럼 숙제하거라라고 하셨다. 둘째와 셋째는 자주 그럴듯한 핑계를 가져와 꾀를 부린다. 한두 번은 그냥 봐주고 그 다음 번은 심한 꾸중을 듣기도 했다. 저녁이면 어머니는 수박으로 화채를 만들어 낮에 흘린 땀에 대신해 수분을 보충해 주었다. 수건을 찬물에 적셔 손을 꼭꼭 눌러 주면 나도 모르게 잠이 들곤 했다.

고추는 가을 추수 때까지 부모님의 돈줄이었다. 방학이 끝나고 자식들이 학교로 돌아갈 때 등록금이며 용돈으로 주어졌다. 곧이어 다가오는 추석 명절, 계절이 바뀔 때마다 커가는 아이들의 옷가지며 신발도 여름 고추가 해결해 주었다. 붉은 고추가 비닐 포대기에 가득하다. 이른 봄에 모종을 심어 초여름에 파란 고추가 하나 둘 열리기 시작하면 부모님은 자식처럼 보살핀다. 팔, 다리, 허리가 휘어 굴신하기 힘든 것조차 잊어버린다.

뜨거운 여름 한복판이면 고추가 익기 시작한다. 빨간 고추가 주렁주렁 매달린 것을 보면 옛 과거시험에 장원급제한 사람에게 내려진 홍패와 어사 모에 꽂힌 붉은 꽃이 떠오른다. 옛 조상들이 이루고자 했던 것을 자식이 이루어 주었으면 하는 바람이었다. 젊은 시절엔 넓은 들판이 온통 아버지의 꿈이었다. 누런 벼 이삭이 오동통 살찐 걸 보면서 당신이 가난해서 이루지 못했던 꿈이기에 언제나 가슴 밑에 풍요로운 삶을 꿈꾸었다. 자식을 여섯이나 두었다. 아이들이 상급학교로 진학할 때마다 가슴 밑에 꿈을 쓰다듬으며 자식들의 공부 밑천이 되어 준다는 생각에 들판의 곡식이 익어 가는 게 흐뭇했다. 풍성한 추수는 자식들이 부족함 없이 하고자 하는 일을 할 수 있게 해 준다. 막내까지 대학을 졸업하고 취업을 했다. 아버지의 가슴 밑에 꿈은 세상 밖으로 나왔다. 그리고 그 꿈은 노인정으로 시장터로 동네 어귀 느티나무 밑으로 사람들이 모이는 곳에 부모님을 따라다니며 어깨에 힘을 실어 주었다.

농사는 부모님의 삶이었다. 가난이 싫어 늙은 부모님을 두고 도시로 나왔지만, 부모를 떼어 놓은 죄책감에 다시 농촌으로 들어와 농사를 지었다. 아버지는 당신의 손으로 자동차를 만들어 보고 싶어 했다. 그래서 기계 쪽으로 공부하고 싶었지만 가난은 아버지를 농사꾼으로 만들었다. 가난 때문에 자식들이 당신처럼 꿈을 포기하는 걸 원치 않았다. 그래서 최선을 다해 농사를 지었고 풍요로운 들판을 만드는 것도 당신의 꿈으로 삼았다. 자식에게는 진로를 강요하지 않고 스스로 적성에 맞는 전공을 선택하라고 했다. 잘할 수 있고, 하고 싶은 일을 하라고 했다.

붉은 고추를 담은 비닐 포대가 밭두렁에 수북하다. 여섯 남매 부부도 밭두렁을 가득 메우고 섰다. 모두 아버지의 꿈들이다. 부모님은 종일 얼굴에 웃음을 담고 계신다. "오늘 참이 무척 맛이 있구나." 하시며 맛나게 드신다. 소박하지만, 꿈을 이룬 아버지의 저 깊은 주름살 속에 부처님을 닮은 미소가 스몄다.

눈

섭뜩하다. 분노로 가득 찬 눈이다. 장 샤오강의 그림 전시회에 갔다. 대구 미술관 앞 포스터에 인민복을 입은 남녀의 눈을 보고 멈칫했다. 미술관에 전시된 그림 속 인물의 표정이 똑 같다. 부릅뜬 눈에는 불안과 분노가 느껴졌다. 도슨트의 설명에 의하면, 중국 문화혁명과 천안문 사태, 사회주의와 자본주의가 급변하는 혼란한 시대를 거치면서, 작가의 내면에 거대한 감정의 소용돌이와 큰 울림이 공존하고 있다고 한다. 그런 내면적인 명상을 결합하여 유령적인 인물 묘사 등을 통해 현실을 향한 한 세대의 고민과 불안을 표현하고 있단다.

그림을 찬찬히 다시 봤다. '망각과 기억', '인 앤 아웃'이라 제목붙인 그림에서 작가의 아픔과 고민, 그리고 중국과 국민을 향한 사랑을 보았다. 무표정한 눈에 맺힌 눈물은 아픔이면서 사랑이리라. 후기작으로 갈수록 전등이 등장한다. 그것은 분노, 공포, 불안을 희망으로 표현한 것 같았다. 작가의 최신작 '천국'에서 가을 햇살이 나무와 땅으로 넓게 퍼져 있다. 하늘과 땅의 어우름, 그것은 평화로움으로 보였다.

텔레비전에서 '댄싱퀸 9'이란 프로그램을 본다. 모든 분야의 춤꾼들이 모였다. 레드와 블루 두 팀으로 나누어져 각 팀의 심사위원들은 춤꾼들의 춤을 보고 자기 팀의 구성원을 정한다. 팀 내 토너먼트로 경기를 치러 마지막 각 팀 여섯 명을 뽑아 생방송으로 공연할 기회를 주면서 그 중 MVP에게는 일억 원의 상금이 주어진다. 지원한 춤꾼들의 이력도 화려했다. 그들은 온몸으로 춤을 춘다. 춤에 문외한인 나는 춤이 저토록 아름다울 수 있다는 데 놀랐다. 몸으로 감정이나 상황을 표현해내는 능력에 넋을 잃고 빠져들었다. 특히, 켓츠의 춤에서는 눈으로 자신의 내면 깊숙한 이야기를 보여주었다. 주어진 주제를 오로지 몸의 율동만으로 완벽하게 표현해내는 그들에게서 나는 눈을 뗄 수가 없었다.

구청 멘토링 자원봉사자 모임이 있는 날이다. 멘토란 오디세우스가 트로이전쟁에 나가면서 아들을 맡긴 선생 이름이다. 그는 십 년 넘게 오디세우스 아들의 선생이자 친구, 부모의 역할을 하였다. 이 때부터 멘토는 상담자, 후원자, 교사 등 인생의 선배로서 조언자 역할을 하는 사람을 가리키게 되었다. 나는 다문화가족 멘토링 자원봉사를 하고 있다. 외국에서 시집온 여성들과 그의 자녀들에게 한국어를 가르치고, 우리 문화도 알려주고, 관습과 전통예절도 전해준다. 구청 대강당이 봉사자로 가득하다. 식순이 끝나고 구청에서 초대한 유명 강사의 강의도 듣는다. 마지막으로 자원봉사자의 체험사례를 발표할 시간이다. 고등학생, 대학생의 발표를 들으면서 우리의 미래가 그리 나쁜 그림은 아니라고 생각했다. 고등학생들은 단순히 대학을 가기 위해 봉사 점수를 받으려고 부모님 손에 이끌리어 온 줄 알았다. 대학생들도 별반 다를 게 없는 줄로 안 내가 부끄러웠다. 그들은 우리 사회의 그늘진 곳을 찾아서 몸소 사랑을 보여주기도 한다. 초롱초롱한 그들의 눈빛에서 우리의 내일을 본다.

공원의 하루

　미루고 미루다가 날을 정했다. 5월 1일부터 하루 한 시간씩 공원을 걷기로 했다. 추워서, 바람이 불어서, 꽃가루가 날려서 등등 안 되는 모든 이유를 과감히 뿌리쳤다.

　아파트 앞에 공원이 있다. 운동복과 운동화, 모자까지 눌러 쓰고 공원을 걷는다. 첫 번째 바퀴를 돌 때는 발자국을 세며 보폭을 조절한다. 두 바퀴에는 주변을 살핀다. 세 번째 돌 때는 나무 이름, 꽃 이름을 부르며 걷는다. 네 번째는 사람들의 행동을 관찰한다.

　공원 안쪽에는 족구장, 농구장, 게이트볼 운동장이 있고, 공원 중간에 정자가 있어 운치를 더한다. 앞쪽에 연자방아가 있고, 첨성대를 본뜬 분수가 물을 뿜는다. 꽃밭에는 3단으로 된 팬지꽃이 예쁘다.

시가 있는 오솔길로 들어선다. 길 양쪽으로 시를 액자에 넣어 걸어 두었다. 노을, 저녁, 제주도, 사랑, 어머니, 산 등을 눈으로 읽으며 지나간다. 야트막한 언덕을 오른다. 아름드리 느티나무가 양쪽으로 늘어선 사이로 길이 있다. 잘 정리 된 공원 중앙 쪽과는 달리 가장자리에는 포장이 안 되어 있어 어수선하다. 시골길을 걷는다 싶으면 언덕길이 나타나고 뚝 떨어지는 구릉도 만난다. 아마도 공원을 걷는 사람들이 나무 사이를 비집고 길을 만든 것 같다.

향나무 사잇길을 걷는다. 하루살이들이 나를 에워싸고 앞서거니 뒤서거니 함께 걷다가 은행나무 사이로 접어들자 사라졌다. 구렁을 지나 언덕을 오르니 무궁화나무들이 줄지어 작년 열매를 내려놓지 못한 채 매달고 있다. 새 꽃이 올 때까지 옛정이 정리되어야 할 터인데.

백일홍 나무 밑에 민들레가 지천이다. 노랗던 꽃이 백발이 되었고 더러는 바람에 날려 민머리가 되어 있다. 살짝 바람 한 자락이 날아오다 민들레 백발 위에 멎는다. 백발이 하늘을 향해 날아오른다, 두둥실.

벤치에는 젊은 남녀가 이어폰을 하나씩 나누어 서로의 귀에 꽂고 손으로는 열심히 스마트폰을 두드리고 있다. 저쪽 할머니는 손자의 자전거를 미느라 힘이 드는지 허리를 펴고 하늘을 쳐다본다. 둥근 의자의 젊은 남자는 컵라면을 앞에 놓고 명상에 잠기듯 의식이라도

치를 모양새다.

앞서 가는 아저씨가 갈지자로 길을 혼자 독차지하고 있다. 뒤에서 가려니 더디고 앞지르자니 틈이 없다. 아저씨는 스마트폰 게임 삼매경에 빠져있다. 젊은 새댁과 남편은 쌍둥이를 유모차에 태우고 아저씨를 피해 요리조리 틈을 찾느라 진땀을 뺀다.

열매를 조롱조롱 매달고 무화과나무가 가을을 기다리고 섰다. 건너편 도서관 한 벽면의 유리창은 하얀 동그라미에 파란색 네모 창이다. 언뜻 보면 하늘에 창문을 달아 놓은 것 같다. 아이들에게 상상력을 길러주기 위함인가. 창문 하나도 무심한 건 없다.

개를 데리고 산책하던 모녀가 갑자기 나무 밑으로 개를 데리고 간다. 개는 나무 아래서 볼일을 본다. 여자가 비닐봉지에 개똥을 주워 담는다. 그럼 개 오줌은 나무의 거름으로 주는 건가. 그래도 냄새는 어떡할 건데. 개 주인에게는 한마디도 못하고 나 혼자 중얼중얼 하면서 걷는다.

치매 어머니를 모시고 걷는 딸이 걷기 싫다며 떼를 쓰는 그를 달래며 한 발자국씩 내딛는다. 결국엔 풀밭 위에 주저앉는 어머니, 주위에 토끼풀이 하얗게 꽃을 피웠다. 딸이 꽃반지를 만들어 손에 끼워 준다. 순진한 아이처럼 얼굴이 환하다. 옛날 추억이라도 떠오른 것일까.

공원 밖에는 커피와 각종 차를 파는 노부부가 땅바닥에 주저앉아 막걸리를 주거니 받거니 하고 있다. 손수레 위 좌판은 이미 안중에 없다. 뻥튀기를 파는 아저씨와 과일 장수도 장기판에 정신을 판 지 오래다. 둘러서서 훈수 두는 사람들, 공원의 저녁이 시끌시끌하다. 게이트볼 운동장에 할아버지, 할머니들의 공치는 소리, 농구장을 누비는 아이들의 함성, 족구장에서는 배드민턴을 하는 사람들로 공원의 하루가 저물어 가고 있다. 아니, 공원의 하루가 시작된 것이다. 낮에는 햇볕과 바람과 나무 그림자만 소곤소곤 속삭이더니, 저녁 가로등 불빛이 신이 나서 점점 밝아진다.

5부
스마일 앙코르

이름 값

소나무에 흰 꽃이 피었다. 가까이 가 보니 꽃이 아니라 사람들이 명함을 꽂아 둔 것이었다. 나무가 글자를 알까?

경북 군위군 학암리에는 구부정한 허리춤에 명함을 덕지덕지 달고 서 있는 소나무가 있다. 500년쯤 추정되는 노거수다. 이 소나무를 손으로 만지고 기도를 하면 소원이 성취된다고 한다. 몸이 아프거나, 집안의 우환이 있거나 아기가 없어 고민하는 사람들이 나무를 만지고 기도하여 소원이 이루어졌다는 전설이 전한다. 지금도 마을에서는 음력 칠월 김매기를 마칠 때쯤 풍년을 기원하는 동제를 지낸다고 한다.

늦은 가을 소나무는, 누런 낙엽을 달고 몇 남지 않은 감을 이고 선 감나무와 함께 낮은 산등선을 끼고 풍경화처럼 서 있다. 소나무

가지들은 구불구불 서로 뒤엉키어 있고 한 가지는 땅을 향해 길게 뻗어 균형이 잡히지 않는 것이 불안해 보인다. 뿌리도 땅속이 아닌 땅 위로 울퉁불퉁 솟아 있다. 스스로 지탱하기가 어려운지 군데군데 쇠막대기에 의지하고 서 있는 것이 힘겨워 보였다. 다행스럽게도 잔가지들의 기상은 푸르다. 몸은 세월과 함께 늙어 가지만 정신은 소나무임을 알리고 있다. 아마도 그런 기상 때문에 온갖 고민을 나무에게 털어놓고 기도를 하는가 보다. '신비한 소나무'라는 이름까지 명명해 놓고서.

만이라는 이름표는 꽤나 무거웠다. 내 행동거지는 부모님의 체면이고 동생들에게는 본이 되어야 했다. 새로운 장난감이나 진귀한 먹을거리 앞에서도 내 욕심을 차리기보다는 양보하는 법을 먼저 알았다. 동네 어른들은 내 이름보다 누구네 집 맏이네라고 했다. 성격이 내성적으로 변했다. 남 앞에서 큰소리로 웃거나 목소리 높여 말하지도 못했다. 누구네 집 맏이가 어떻다는 소문이 두려웠다. 시골 작은 마을은 방귀 소리조차 그냥 지나 보는 법이 없었다.

신비한 소나무도 사람들이 부여한 이름값을 하느라고 마디마디 굳은 옹이가 박힌 건 아닐까. 병든 사람이 와서 낫게 해 달라고 하면 하늘의 기를 전해 주었다. 아기를 낳게 해 달라고 울부짖으면 외면할 수가 없어 삼신할미에게 빌어 주었을 것이다. 시험에 붙게 해 달라면 하늘과 땅의 기운을 소나무는 온 기력을 다해 불어 넣어 주었을 테다. 그때마다 스스로의 몸에는 옹이가 하나씩 박히고 뿌리와 허리가 저렇게 휘어졌나 보다.

해를 거듭할수록 나무의 이름은 더 알려져 이제 사람들은 자신의 명함을 건네며 사업 번창하게 해달라고 한다. 나무는 할 일이 많아졌다. 사람과의 동거에서 필요한 문자까지 익혀야 되는 건 아닐까. 갑자기 소나무가 안쓰러워 보였다. 소나무의 파랗던 잎들이 노랗게 내려앉았다. 가을볕에 어슬어슬 추위를 느끼는 것 같았다. 나무는 염치없는 사람들이 슬슬 겁이 난 표정이다. 이름값 하기가 참 어렵다. 신비한 소나무란 이름도 내려놓고 싶을 때가 있었으리라. 옛날 푸른 소나무로 돌아가고 싶을 때도 있었을 것이다. 그러나 가끔 시험에 합격하여 고맙다고 오는 사람, 잘 생긴 아들을 데리고 찾아오는 모자母子 등, 그 이름으로 사는 동안 좋았던 일과 보람된 일들도 많았으므로 자신을 쉽게 내려놓지 못했으리라.

질풍노도 같던 사춘기에 빗나갈 수도 있었다. 그러나 맏이에게 거는 부모님의 기대와 동생들의 눈빛을 보면서 자신을 다잡았다. 이름 탓에 바른길로 갈 수 있었다. 소나무도 남들의 고통과 아픔을 보았기에 스스로 대견스러웠을 것이다. 하늘과 땅의 기운을 함께 할 수 있었기에 세상 만물에 대한 위대함을 느꼈을 것이다. 고통과 아픔도 혼자보다는 여럿이 함께하면 이겨내기가 더 쉽다는 것도 알았고, 그렇게 해서 척박한 땅에서도 꿋꿋이 살아 갈 수 있는 인내를 배웠기에 지금까지 그 이름값을 하는 것일 게다. 이름값은 남에게 보이기 위한 것이 아니었다. 자신을 되돌아보는 계기를 만들어 주었다. 시인 김춘수는 '내가 그의 이름을 불러 주었을 때 그는 내게 와서 꽃이 되었다'라고 했다.

지지리 복도 없지

　멍하니 버스 꽁무니만 바라본다. 집 쪽으로 가는 버스가 막 지나가고 있다. 뒤쪽에서 버스 번호를 보고 달려왔는데 간발의 차로 놓쳤다. 숨이 턱까지 차올라 헉헉거린다. 털썩 의자에 주저앉는다. 다리는 여전히 후들후들 떨린다.

　집으로 가는 버스는 네 대다. 보통 앞차와의 간격은 십 분에서 십오 분 정도다. 방금 두 대가 지나갔으니 518번이 곧 올 것 같았다. 그 버스 정류장은 조금 올라가야 한다. 행여 그 사이에 버스가 올까 싶어 또 뛰기 시작했다. 가쁜 숨을 몰아쉬며 정류장에 도착하니 조금 전에 지나갔던 차와 같은 번호를 단 버스가 또 지나간다. 거기 그대로 있었으면 저 버스를 타는 건데, 이미 세 대나 지나갔으니 곧

오겠지. 이쪽 정류소에는 버스 도착 전광판이 없다. 오로지 내 시선은 버스를 찾는 데 여념이 없다. 올 때가 되었는데 왜 안 오지? 다른 버스를 기다릴 때는 자주도 다니더니만. 그래 내 예감은 맞은 적이 별로 없었지.

가위, 바위, 보로 숨바꼭질 술래를 정할 때면 한 번도 이긴 적이 없어 언제나 술래가 되었다. 간식 사러 가는 당번을 정하려고 사다리 타기를 해도 내가 긋는 선 아래엔 '당첨'이라고 적혀 있어 가게에 가서 간식을 사 오는 쪽이다. 친구들과 하는 내기게임에서도 이겨 본 기억이 없다. 추운 겨울 저녁 출출할 때 '찹쌀떡~'하고 외치는 소리에 먹고 싶어도 먹기 싫은 척해 보지만 식구들의 성화에 가위, 바위, 보를 하면 나는 어김없이 찹쌀떡을 사러 현관문을 밀고 나갔다.

아까 놓친 버스가 지나간다. 다시 아래 정류장으로 내려갈까 생각하다가 그사이 버스가 오면 어쩌나 싶어 그대로 기다리기로 했다. 보통 비슷하게 오던데, 내가 기다리는 걸 아는지 금방 오지 않는다. 이러지도 저러지도 못하고 엉거주춤 지나가는 버스만 멀뚱히 쳐다보고 있다. 그냥 아까 저쪽 버스 정류장에 그대로 있었으면 벌써 버스를 탔을 텐데. 학교 다닐 때도 시험 시간에 정답이 확실하지 않을 때 첫 번째 마음 가는 번호가 정답일 때가 많았다. 그래도 불안한 마음에 이것저것 저울질하다 엉뚱한 걸 찍어서 틀린 적이 한 두 번이 아니었다. 첫 마음의 기운을 외면한 벌을 톡톡히 받고 있다. 4월인데도 꽃샘바람은 차가워 자꾸 옷깃을 여민다.

신문에 대기업 다니던 아가씨가 로또복권 일등에 당첨되어 몇 십억 원을 받게 되었다. 보란 듯이 회사를 그만두고 퇴직금도 동료들의 회식비로 주었다고 하는 기사를 읽었다. 지난밤 꿈에 무슨 역인지 기차를 타고 가는 대통령과 악수를 한 꿈을 꾸었다고 딸에게 이야기했더니 복권을 사야 된다고 한다. 가게에 가서 복권을 사서 마음에 드는 숫자에 표시하라고 한다. 가게 아가씨에게 어떻게 하는 거냐고 물었더니 자동으로 해보란다. 자동으로 두 장을 빼 왔다. 기분은 이미 일등 당첨이 되어 몇십억 원의 용도를 조목조목 계산한다. 일주일 동안 가고 싶었던 나라에 여행도 가고, 남편에게 어느 골프장 회원권을 원하는지 의기양양하게 물어본다. 들뜬 기분도 잠시, 역시 꽝이었다. 난 운하고는 맞지 않아. 한참 뒤 기다리던 버스가 왔다.

어릴 때 할머니는 사람이 무겁지 않는 복을 타고나야 된다고 했다. 친구는 전자랜드 개업식에서 김치 냉장고가 행운권에 당첨되었다고 자랑을 한다. 나는 마트에서 행운권 추첨에 당첨된 기억이 없다. 지지리도 복도 없다. 그래서 가끔 마트에서 행운권 추첨을 한다고 해도 아예 외면을 한다.

　버스는 내가 선 자리를 지나 한참 위에 섰다. 어떤 때는 이쯤 서
겠지 하고 있으면 저 뒤에서 버스가 멈춘다. 절반의 확률에도 번번
이 빗나간다. 뛰어가서 버스에 올랐다. 오늘 여섯 대의 버스를 놓치
고 일곱 번째 버스를 탔다. 럭키세븐이네. 혼자서 픽 웃음이 나왔
다. 럭키세븐, 그래 난 럭키세븐이다. 그래서 잔잔한 행운들은 지나
쳤는지 모른다. 생각해 보면 알뜰하고 자상한 부모님을 두어 큰 고
생 하지 않고 학교를 끝까지 마칠 수 있었다. 맏이라고 아직도 이것
저것 챙겨준다. 어진 시어른들을 만나 사랑받으면서 어려움 없이
지금까지 잘 살고 있다. 남편과 아이들 건강하고 자기들 할 일을 잘
하고 있으니 이만하면 난 큰 복을 타고 난 사람이다. 괜스레 작은
행운에 연연하다 큰 행운을 못 알아볼 뻔했다. 과유불급過猶不及이라
고 하지 않던가.

원 달러

원 달러.

왜?

서로 얼굴을 쳐다보며 원 달러. 왜? 몇 번의 똑같은 요구와 응답을 반복한다. 캄보디아 씨엠립 공항의 비자 신청 창구이다.

여권과 비자 신청비 30달러와 비행기 내에서 작성한 신청서를 비자 신청 창구에 내밀었다. 직원은 서류를 대충 보고는 '원 달러' 라고 한다. '왜'라고 물으며 직원의 얼굴을 빤히 쳐다봤다. 그는 여전히 '원 달러 플리즈'를 앵무새처럼 되뇐다. 나는 못 들은 척 옆 창구로 옮기면서 슬쩍 봤더니 내 여권을 옆으로 밀어 놓는다. 뒤에 줄을 선 사람들은 여행사를 통한 단체 여행객이다. 손에는 이미 31달러가 쥐어져 있다.

캄보디아 비자 신청비는 원래 30달러다. 우리 대사관 홈페이지 공지란에도 비자 신청비 외에 더 주지 말라는 공지가 있었다. 옆줄에 젊은 부부가 초등학교 아이들을 데리고 왔다. 아이가 왜 원 달러를 더 줘야 되냐고 묻는다. 아이 엄마는, 캄보디아가 오랜 내전으로 인하여 국민의 생활이 궁핍해 후진국으로 전락하면서 저런 관행이 생겨났다고 했다. 그러나 나는 생각이 달랐다. 우리나라도 한때는 신문에 수시로 등장하는 뇌물 사건들이 있었다. 적당히 뇌물만 주면 뭐든 통과되는 시절이 있었다. 그 관행이 아직도 우리 여행사들에 남아 있었던 것일까.

비자 서류는 네 장으로 꼼꼼하게 써야 했고, 글씨가 작아서 나는 돋보기안경이 필요했다. 사진도 챙겼다. 미리 사진 뒷면에 양면테이프를 붙여서 갔다. 이런 소소한 것들을 여행사를 통한 단체 여행객이 대수롭지 않게 여겼기에 여행사에서는 부족한 서류를 원 달러로 처리해 달라는 뇌물이 지금 그들의 관행이 되어 버리지는 않았을까. 특히 한국 사람들에게 더 요구하는 것을 보면서 우리가 저 사람들만 탓할 일이 아닌 것 같았다.

내 비자는 젊은 대학생들, 아이를 데리고 온 부부, 몇몇 자유 여행자들과 함께 삼십여 분이나 기다려서 통과되었다. 공항 출구엔 호텔에서 마중 나온 뚝뚝이(오토바이를 개조한 것) 기사가 내 이름표를 들고 서 있다. 늦어서 미안하다고 말하고 그녀의 원 달러 때문이라고 했더니 웃는다. 그리고 그에게 원 달러를 덤으로 주었더니 가방을 호텔 로비 안까지 갖다 준다.

앙코르 왓 사원의 아름다움에 넋을 놓고 섰다. '원 달러'라는 소리에 옆을 보았다. 오류 세, 혹은 육칠 세의 아이들이 액세서리며 공예품들을 내밀고 원 달러를 외친다. 까만 맨발에 흙먼지와 땀이 뒤범벅된 꾀죄죄한 모습. 한국전쟁 후 우리나라 아이들이 미군에게 초콜릿을 달라고 외치던, 영화에서 본 모습이 겹쳐졌다. 캄보디아로 떠나기 전 인터넷을 통해 그 아이들의 얘기를 알고 있었기에 어떤 사람들은 사탕을 준비했다고 했다. 어쩌면 원 달러가 절실한 아이들인지도 모른다. 그러나 어린아이들을 거리로 내모는 어른들이 더 미웠다. 그들은 양치를 잘 하지 않는다. 사탕은 치아를 상하게 할 위험이 있다. 캄보디아에는 다른 병원에 비해 치과가 훨씬 많다. 자일리톨 껌을 사 갔다. 한때 자일리톨 껌이 충치 예방도 되고 잇몸 질환까지 예방해 준다는 광고가 생각났기 때문이다. 옆 아이에게 껌 하나를 주었더니 어느새 아이들이 몰려 와서 손을 내민다. 껌을 나누어 주고, 먹지 말고 씹은 후 휴지통에 버리라고 했다. 고개를 끄덕이는 것이 알아들었다는 뜻인지 모를 일이다. 혹여 잘못하다간 이 아름다운 사원의 바닥이 껌으로 덧칠할까봐 금방 후회가 됐다. 그놈의 원 달러. 줘도, 주지 않아도 마음이 개운하지 않다.

여행을 마치고 다시 씨엠립 공항 출국 창구. 앞에선 사람이 여권을 내밀자 여전히 원 달러를 외친다. 젊은 여자가 뒷줄에 선 일행에게 옆줄로 가라고 손짓을 한다. 그쪽 창구는 원 달러를 달라고 하지 않는다고 한다. 그 일행들이 옆줄로 우르르 가버리자 금방 내 차례가 왔다. 나는 "야, 이제 너 하고는 별 볼일 없거든 빨리 내 여권이나 돌려줘." 한국말로 큰소리치고 나와야지 생각했다. 내 차례에 여권을 내밀자 잠깐 얼굴을 쳐다보더니 아무 말 없이 여권을 되돌려준다. 지갑에서 원 달러를 꺼내 본다. 양 옆면에 능글맞은 공항 직원의 눈동자와 까만 맨발로 서 있는 아이의 순수하고 커다란 눈망울이 서로 저울질을 해댄다.

이사 풍경

일요일 아침. 창밖이 분주하다. 앞 동 십삼 층에 이사를 하고 있다. 나는 베란다 차탁에 앉아 이사 풍경을 보고 있다. 먼저 이삿짐이 집 밖으로 나온다. 노란 바구니에 잔 물건들이 가득가득 실려 나오고, 거실 의자가 나오고, 안방 가구들이 내려오면서 가끔 울컥울컥 토해내는 듯 사다리가 움찔거린다. 그동안의 정을 삭히는 건가, 다정도 병이라고. 만남은 언제나 헤어짐을 동반한다. 사다리차가 또 다시 덜컹거린다. 미운 정 고운 정 서운했던 것들을 내려놓는가 보다. 마지막으로 각종 화분이 파란 잎을 흔들며 내려온다. 빨강 꽃 하얀 꽃이 행복했노라고 손을 흔든다. 아, 저 집은 더 좋은 곳으로 이사를 하는구나. 이삿짐이 빛을 받아 윤기가 났다.

결혼하여 작은 아파트에 살다가 평수가 더 넓은 옆 아파트로 이사를 했다. 요즘은 이사전문 업체가 있어서 이사하는 것이 수월해졌지만 그때는 가게에서 빈 상자를 구해 직접 하나하나 짐을 쌌다. 넓은 집으로 이사한다는 것만 좋아서 피곤한 것도 잊고 밤을 새워 상자에 이삿짐을 차곡차곡 채웠다. 아침에 거실 가득 이삿짐 보따리가 쌓였다. 보기만 해도 흐뭇했다. 이사 가는 날 트럭 위 짐들도, 뒤따라가는 나도 건들건들 신이 났다.

이삿짐을 싣고 이삿짐 차가 들어 왔다. 덜커덩 십삼 층 베란다 끝에 사다리가 걸리고 탑차 안에서 장롱이 나와 사다리차에 옮겨진다. 덜커덩 덜컹 마디를 건널 때마다 신음 소리를 낸다. 삶이 쉽지 않았구나. 장롱 모서리에 생채기가 났는가 하면 심한 신경통이 통증을 토해 내는 것 같았다. 오죽하면 이사 나가고 청소할 틈도 없이 바로 이사를 들어올까. 이삿짐은 안방에서부터 거실, 아이들 방, 옷방, 부엌, 베란다 순으로 올라간다. 사다리차의 덜컹거리는 소리가 힘겨워 보였다. 새로운 집으로 옮기면서 그 집에 맞는 가구나 물건들을 새로 구입하는 경우가 있지만 앞집은 새로운 물건들이 보이지 않는다.

사업하던 동생이 어음을 잘못 받아 회사가 부도났었다. 집은 경매에 넘어가고 가재도구는 빨간딱지가 붙었다. 그 집에서 이사 나오던 날, 보따리 속에는 옷가지와 동생 내외의 무거운 마음이 함께 들어 있어서 이 층에서 내려오는 발걸음이 어찌나 무겁던지, 들었던 옷 보따리를 그냥 아래층으로 굴리고 말았다. 이사 다음 날 온 가족은 된통 몸살을 앓았다.

이삿짐을 비우고 사다리차가 걷어지고 있다. 꽤 힘겨웠나 보다. 윙윙 헛바퀴 돌아가는 소리가 유난히 크다. 더 넓은 집으로 이사를 할 때와 처음으로 새집을 마련하여 이사를 할 때는, 이삿짐을 실어 나르는 사다리차의 기계음이 경쾌하고 울컥거리는 걸림도 없는 듯이 부드럽다. 그러나 삶이 고달프고 힘든 집의 이사를 할 때는 사다리차의 움직임도 무겁고 기계음도 둔탁한 듯하다.

이삿짐에는 그들의 삶이 보인다.

스마일 앙코르

웃는 모습이 아름답다. 눈을 마주칠 때마다 방긋방긋 웃는다. 씨엠립에서 만난 캄보디아 사람들의 얼굴에는 순박함이 묻어 있다. 더운 날씨와 잦은 비, 그리고 흙먼지 등 고르지 못한 자연환경에도 불구하고 저토록 순수한 아름다운 미소를 지을 수 있다니.

'미래를 겁내지 말고 과거 때문에 슬퍼하지 말자.'라는 캄보디아 격언이 있다. 격언처럼, 그들은 현재를 만족하며 살아가기에 저토록 아름다운 미소를 지을 수 있는 것일까. 캄보디아는 크메르제국의 찬란함과 킬링필드의 참혹함을 함께 간직한 나라다. 경제적으로 세계에서 하위권에 속한다. 그들을 보면서 물질적 풍요와 행복은 정비례하지 않는 것 같다. 우리는 행복의 조건에서 경제적 풍요로움을 손가락 순위 안으로 꼽고 있다. 좋은 자동차, 넓은 집, 세계적인 상표를 가진 옷과 잡화 등을 가진 이들을 부러워한다. 그래서 가진 자의 오만이 생기고 더 가지려는 욕심이 커지는 것 같다.

씨엠립은 도시 곳곳이 사원이다. 크메르제국의 찬란했던 역사가 힌두교와 불교의 문화로 자리하고 있다. 많은 사원이 잦은 내란과 외세의 침입으로 무너지고 부서져 있다. 자국 스스로 복원 능력이 없어 외국에서 복원하고 있는 중이다. 무너진 사원 위로 열대 보리수와 스퐁나무의 뿌리들이 사원을 파고들고 휘감아 사원과 나무가 한 몸이 되어 있다. 나무를 없애면 그나마 남은 사원마저 무너질까 염려한 유네스코에서는 나무가 더 자랄 수 없도록 성장 억제제 주사를 준다고 한다. 그렇게라도 해서 이 유적들을 보존하려 애쓰고 있다. 나무는 죽을 수도, 자랄 수도 없는 운명이라 생각하니 어찌 짠한 생각이 든다. 그런 생각도 잠시, 저녁놀을 받은 나무의 빛깔이 어찌나 예쁘던지 그만 황홀감에 빠지고 말았다. 다음 날 아침 햇살을 받은 나무는 우윳빛 도자기처럼 은은한 빛을 토해낸다. 나무는 스스로 처한 조건에서 빛을 받아 자신을 표현하고 있었다. 그 신비감은 신의 미소 같다. 이것이 앙코르의 미소가 아닐까.

씨엠립은 교통지옥이었다. 신호등, 중앙선, 교통법규도 없었다. 자동차, 오토바이, 뚝뚝이, 자전거 등이 뒤섞여 달린다. 과연 우리나라였다면 빵빵빵 여기저기 난리가 났을 것이다. 서로 운전기사끼리 욕지거리며 삿대질을 해 댈 것이다. 기본적으로 여기는 저속이다. 상대를 배려하고 양보한다. 그래서 질서를 유지하고 불편을 느끼지 않는다. 거리를 지나다 하굣길 초등학생들을 보게 되었다. 도로 주변이 혼잡해졌다. 가만히 살펴보니 많은 아이가 도로를 건너려고 하고 있다. 그때 10여 명의 학생이 자전거로 도로를 가로질러 두 줄의 띠를 형성했다. 그 사이로 학생들이 안전하게 길을 건너고 있는 것이 아닌가. 참으로 놀라운 인간 횡단보도였다. 모두들 조용히 기다려 주는 것도 인상적이다. 무질서한 듯 보이지만 나름대로 질서를 유지하는 지혜를 터득하고 만들어 가는 그들을 보면서 신의 혜택을 입은 민족이구나 싶었다.

씨엠립 사람들의 80%가 관광업에 종사하고 있다. 앙코르 유적은 확실히 그들에게 내린 신의 선물인 것 같다. 그들은 언제 어디서 마주쳐도 항상 웃는다. 우리의 삶과 비교하면 열악한 환경과 참담한 생활이지만, 그들 나름의 사고방식과 생활의 지혜를 발휘하여 만족한 삶을 살고 있다. 신과 신화와 찬란했던 옛 제국의 후손들이 만들어 가는 앙코르의 미소는 그들의 미래도 행복으로 만들어 가겠다.

노을

베란다 차 탁자에 앉아 노을에 빠졌다. 서쪽 하늘에 걸린 노을빛
은 늦가을 잘 익은 감 같다. 노란 은행잎에 붉은 단풍잎을 겹쳐 빛
을 쏘면 저 빛깔이 나올까. 농익은 아름다움이 평안해 보인다. 잘
살아낸 삶의 빛깔이다.

아침 햇살에 눈을 비비며 베란다로 나갔다. 이슬방울이 베란다
난관과 풀잎에 종종종 매달려 있다. 이른 아침 햇살도 금방 일어나
눈을 비비며 내려 본다. 아침의 햇살은 부드러운 봄볕 같다. 여린
잎을 감싸고 있는 아침 햇살에 이슬방울도 초롱초롱 빛이 난다.

우리 집안에는 대대로 아들보다 딸이 귀했다. 할아버지 대에도
아들만 셋을 낳고 딸을 낳지 못했다. 그래서 나에게는 고모가 없다.

아들만 삼 형제인 집에 막내인 아버지에게서 첫딸로 태어났다. 딸이었기 때문에 집안 어른들 사랑을 받고 자랐다. 특히 할머니는 어린 나를 업고 온 동네에 우리 귀한 손녀라고 자랑을 하고 다녔다. 사람들이 귀엽다고 안아보려고 해도 절대 당신 품에서 내려놓지 않았다. 내 어린 날들은 아침 햇살의 부드러움처럼, 봄의 새싹같이 그렇게 어른들의 보살핌으로 자랐다.

해가 중천에 있다. 아침 햇살의 부드러움은 사라지고 태양의 본질에 충실하게 열기를 뿜어낸다. 사계절 중 여름이 중천의 해와 가장 가깝다. 사람의 생에서도 청년 시절과 장년 시절이 이와 같지 않을까? 이 시기 사람들은 젊음의 혈기가 있고 강한 의지가 있다. 또한, 야망도 꿈꾸게 된다. 자연도 여름에 나뭇잎들이 무성하고 짙은 녹음으로 우거진다. 그 속에서는 매미들의 애절한 사랑 노래가 있고 새들과 곤충들의 치열한 삶이 있다. 때를 놓치지 않고 알을 까고 새끼를 길러내야 한다. 해의 기를 받고 내일을 계획해야 한다. 그때 나도 한 남자를 사랑했다. 해가 지면 만날 수 없을 것 같아 결혼을 했다. 우리는 중천의 기氣를 먼저 잡으려고 무던히도 전쟁을 치렀다. 아이를 키우면서도 어설픈 엄마의 육아 전쟁은 혼동과 혼란의 연속이었다. 해가 머리 위에 있을 때, 나는 여러 길이 만나는 교차점에서 길을 찾느라 기진맥진했다. 때론 무엇에 썬 것처럼 허우적

거렸고 얇은 귀가 팔랑거리기도 했다.

    이제 해는 뉘엿뉘엿 서산에 걸렸다. 내 삶도 아쉬움은 있지만 그 많은 시간을 아우르고 견디어냈다. 그리하여 열매를 맺고 그 맛은 달게 숙성하고 있다. 숲 속 날벌레들도 집을 지었나 보다. 윙윙거리던 잎들의 들썩임이 자자졌다. 푸르렀던 잎이 하나둘 옷을 갈아입는다. 색색이 다르다. 개성 없이 잘난 척 푸르게 하늘을 찌르던 기상이 제 때깔을 찾은 모양이다. 저 아름다운 자태를 찾으려고 그 긴긴 해맞이를 했구나 싶다. 이제 우리 부부도 눈빛만 봐도 서로를 안다. 서로의 몸에 붙었던 많은 가시가 둥글게 닳았다. 가끔은 둥근 면이 너무 얇아져 헤질까 가슴이 찡하다.

    태안 앞바다에서 노을을 본 적이 있었다. 노을빛이 바다에 반사되어 출렁이는 바닷물 위에 별을 쏟아 놓은 것 같았다. 그때 바다는 오간 데 없고 은하수를 봤다. 노을은 사나운 바다도 잠재우는 평안함이 있다. 서쪽 하늘에 노을이 붉게 물들었다. 넋을 놓고 그 아름다움에 빠져들어 간다. 몽환적인 분위기에 가슴이 설렌다. 노을 속에서는 어울림과 그리움. 그리고 편안한 삶이 있다. 노을 아래 갈대밭, 그 위를 나는 새 한 쌍, 한 폭의 풍경화다. 나도 누군가에게 풍경이 되어 주고 싶다.

군자란蘭 이사하다

이른 봄, 군자란蘭이 화사한 꽃을 피웠다.

텔레비전에서 봄맞이 화초 가꾸는 법, 분갈이 법을 알려준다. 눈길이 베란다로 향했다. 얼기설기 뒤엉킨 꽃줄기들, 특히 화분에 소복이 솟아오른 군자란 뿌리에 닿았다. 순간 온몸이 얼어붙는 듯했다. 나의 게으름 때문에 그리된 군자란을 볼 염치가 없다.

배운 대로 화분 손질을 시작했다. 늘어진 가지를 잘라내고 누런 잎은 뜯어냈다. 분갈이할 화분은 따로 모아서 흙을 파내고 화초도 정리하여 작은 분은 더 큰 화분으로 옮겼다. 군자란 화분을 비우려니 가득 들어찬 줄기와 뿌리가 꿈쩍도 않는다. 결국엔 화분을 깨뜨렸다. 화분 안에는 뿌리가 얽히고설켜 단단한 돌 같다. 여섯 포기의 뿌리가 서로를 의지하고 있어서 요지부동이다. 게으른 주인에게 단단히 뻗쳐, 엉킨 뿌리로 방패삼아 시위를 했다. 좁은 화분에서 얼마나 힘주어 버티었는지 돌돌 말린 것이 풀어질 기미가 보이지 않는다. 어쩔 수 없이 가위로 많이 엉킨 곳은 자르고 뿌리 중심에 드라이버를 꽂아 흔들었더니 엉킨 뿌리가 조금씩 풀어지기 시작한다. 한 줄기씩 떼어냈다. 뿌리 밑에서는 두 포기의 새 생명이 움트고 있었다.

팔 년 전 즈음 옆집에서 군자란 한 포기를 얻었다. 이 년째 되는 해부터 꽃이 피기 시작했다. 해마다 잊지 않고 이른 봄 화사함을 전했다. 가끔 물과 함께 영양제를 주는 것으로 당연시 했다. 아이들은 계절마다 바지 길이와 소매 끝이 짧아졌다고 호들갑을 떨며 새 옷을 사다 입히면서 매일 보는 베란다의 꽃들에는 무심했다.

"군자君子인 양 가만히 있는 것은 미련하게 보여. 눈을 들어 주위를 보렴. 모두 자기 자랑하느라 속에 머물고 있는 것이 없단다. 남이 보기엔 별것 아닌데 떠벌리고 다니는 이도 많단다. 우아한 속 향기로는 벌, 나비, 사람들을 홀리지 못해."

미안한 마음에 괜스레 군자란에 면박을 준다.

한 화분에 한 포기씩 나눠 심고 물을 주고 돌아서는데 발뒤꿈치에서 새싹 두 뿌리가 서로 의지하며 멀뚱히 나를 쳐다보고 있다. 내년 봄에 꽃이 피면 장관이겠다. 더는 욕심을 내지 말자며 흙 부스러기, 끊어놓은 줄기, 잘라놓은 뿌리들을 치우면서 새싹 군자란도 함께 쓰레기봉투에 담았다. 그리고 버리려고 밖으로 들고 나가다 어린 두 싹이 꼼지락거리는 것 같아 마음에 걸렸다. 행여나 뿌리가 부러질세라 빈 화분에 심어놓고 부드러운 흙으로 덮어주며, '내 생각이 짧았다. 너희 이산가족을 만들 뻔했구나. 엄마 곁에서 잘 자라라.' 말을 건넸다.

다음날 베란다에 나가 말끔히 정리된 화분들을 본다. 줄기가 어제보다 더 푸르고 힘이 있어 보인다. 옆에 애기 군자란에 인사를 한다.

"어제는 무섭지 않았니? 원래 엄마 뱃속이 제일 좋은 집이란다"

파란 잎이 내 쪽으로 꼬부라지며 인사하는 듯했다.

한스 요나스는 작고 하찮은 것들에 대해서도 따뜻한 시선이 필요하다고 했다. 우리가 얼마나 쉽게 생명과 생명 아닌 것을 편 가르고 있는지 돌아보게 된다. 작은 식물이나 미물에 생명의 존엄성을 부여한 적이 있었던가. 자연의 신음을 들으려고 한 적 있었는가. 인간의 오만함이 다른 생명에게는 권력이 되었다. 식물도 생명이기에 따로 귀가 없어도 피부로, 마디로, 솜털로 음악을 듣고 느낀다고 한다. 꽃들에 음악을 들려주면 색깔이 더 선명해진다는 연구 결과도 있다. 군자란이 좁은 화분 안에서 힘겹게 새싹을 틔우고 있는 것도 모르고 꽃이 피면 꽃에만 관심을 보였다. 그런 무심함에도 군자란은 아랑곳하지 않고 새싹을 품어 키워내고 있었다. 나의 무지無知를 일깨워준 자연은, 스스로 반성할 때까지 참아 주었다. 어리석은 자식 철들기를 기다리는 부모의 마음으로.

김장하는 날

토요일에 김장하자는 어머니의 전화다. 시골집 마당에 일렬로 늘어선 플라스틱 통이 소금에 절인 배추를 소복이 이고 있다. 몇 날 며칠 배추 다듬고, 생강과 마늘을 까고 고추 닦아서 방앗간에 빻아 오는 수고를 80세의 어머니는 여태껏 한다. 자식들은 토요일 빈 김치통만 가져가서 어머니가 다 준비해 놓은 것에 양념만 버무려 각자 김치통에 담아 차 트렁크에 싣고 온다. 어머니는 '이것으로 올해도 김장 김치는 마지막'이라고 한다. 이제 힘에 부치니 내년부터는 너희가 김장을 하라고 했다.

김장하는 날, 시골집은 육 남매의 식솔들이 모여 아이들은 아이들대로 방 하나, 남자는 거실을 차지하고, 여자들은 부엌이며 마당을 오가며 부산하다. 마당 귀퉁이에 걸린 가마솥에는 돼지고기 익는 냄새가 구수하다. 방앗간에서 금방 해온 가래떡은 참기름을 바른다. 싱싱한 굴과 노란 배추 속고갱이를 함께 상에 차려 내면 많은 가족이 둘러앉는다. 시끌벅적 서로 숟가락 부딪치는 소리가 요란하다. 부모님은 환하게 웃으며 흐뭇해한다. 그래서 어머니는 해마다 마지막 김장이라고 하면서도 여태껏 연장하나 보다. 몇 년 전부터 어머니는 여러 집 김장하는 걸 힘에 부쳐했다. 해가 바뀔수록 여기저기 쑤시고 결리다고 한다. 뵐 때마다 온몸에 파스 바르고 뜸과 부황으로 몸 성한 곳이 없어도 오랜만에 보는 손주들 재롱에 행복해한다. 조용하던 시골집은 왁자지껄 사람들의 웃음소리로 가득하다.

어머니의 손끝은 야무지기로 소문이 났다. 외가가 종갓집이라 종부인 외할머니의 손맛을 고스란히 이어받았다. 아직도 시골집 노인정에서는 우리 집 김치가 제일 인기가 있다. 맛도 맛이지만 종류 또한 다양하다. 배추김치, 열무김치. 백김치…… 백김치는 우리 어머니 손맛의 절정이다. 내가 학교 다닐 때 친구들이 놀러 오면 어머니는 백김치에다 국수를 말아 주었다. 그 맛을 아직도 잊지 못하는 친구들이 있다. 결혼하고 수십 년의 세월이 흘러 만나도 그 이야기를 하곤 한다. 보쌈김치는 우리 아이들 어렸을 때 할머니 꽃 김치라며 다른 반찬 없이도 밥을 잘 먹곤 했다. 내가 제일 좋아하는 김치는 파김치다. 굵은 파 흰 줄기와 오징어 살짝 구운 것과 황석어 젓갈을 함께 넣는다. 그리고 고추 삭힌 것을 넣어 자박자박하게 얼마간 숙성을 시킨다. 하얀 쌀밥 위에 황석어 한 마리 얹으면 밥은 꿀맛이다. 그 외에도 깻잎 김치, 씀바귀 김치, 무말랭이 김치 등 겨울 김장이 끝나면 우리는 간단한 찌개 하나만 끓이면 된다. 이젠 그 많던 김치 종류도 수가 줄어들고 어머니의 기력도 자꾸만 쇠잔해진다. 시골집에 가면 환히 웃으며 "어서 오너라. 오느라고 고생했지." 하면서 내 손을 잡고 방으로 들어가 나를 아랫목에 앉히곤 했다. 올 김장하는 날에는 자꾸 손으로 허리를 두들긴다. 자식들이 모이면 맛있는 먹거리를 뚝딱뚝딱 잘도 만들어 주고 맛있게 먹는 걸 보면서 참 좋아했는데, 정말 어머니의 김장이 올해로 마지막이 되려나 보다. 몇 해를 미루고 미루었는데, 바쁘다는 핑계로 너무 부모님을 외롭게 한 것 같아 죄송했다.

김장을 마치고 저녁에 둘러앉아 옛날이야기 삼매경에 빠졌다. 간식거리가 별로 없던 때라 친구들끼리 저녁에 놀다가 출출해지면 고구마를 삶아 놓고 김치 서리를 다녔다. 철없던 어린 시절이라 김치를 가지려 가면 그릇을 가지고 가야 하는데, 그냥 몸만 가서 땅에 묻힌 김칫독에서 김치를 손으로 들고 와 고구마랑 맛있게 먹었다.

다음날 서리 당한 김치 주인은 흘린 김칫국물 자국을 따라오면 누구네 집에서 어떤 아이들이 놀았는지 금방 알았다. 그 이야기를 해놓고 온 식구들이 깔깔 웃는다. 그때 요즘 아이들이 옛날 아이들에게 '참 노는 것도 유치하고 어리석다'고 흉을 본다. 그러면 옛날 아이들이 '그땐 얼마나 순수하고 맑았었는데, 요즘 아이들, 그 깍쟁이, 속을 모르니?'라며 역공을 한다. 한바탕 세대 차이에 대해 갑론을박으로 토론이 길어진다. 이렇게 올해의 우리 집 김장하는 날은 저물어 가고, 내년 어머니의 김장은 기약할 수 없다. 이제 내가 어머니의 김장을 해 드려야 되나 보다.

일상의 언어로 직조한 삶의 순수성

여세주 l 문학평론가, (전)경주대 교수

1. 자신과의 조우를 위한 글쓰기

가부장 제도가 확립되면서, 여성은 어머니와 아내이기를 요구 당하며 살아왔다. 자식을 위한 희생과 남편을 위한 내조를 상찬 받으면서, 여성들은 인고의 자세를 최고의 미덕으로 삼았다. 무한한 희생과 무조건적 내조를 아름다운 덕목으로 여기면서, 스스로에게 인고를 강요해 왔다고 해야 옳을 것이다. 그 미덕이라는 것이 남성 중심주의적 사고의 틀 속에서 형성된 여성미의 포장일 뿐이라는 자각도 없었다. 혹여, 여성 자신으로서의 자의식이 내면에 꿈틀거리더라도, 가슴 깊이 억누르며 그저 침묵하고 살 수밖에 없었다.

근세기에 들어와 사정은 달라졌다. 아내와 어머니로서의 삶과는 또 다른 여성 자신으로서의 실체를 자각하기에 이르렀다. 여성들이 자기 자신의 삶을 실천하기 시작했다. 그렇다고 해서 근대적 여성들이 어머니와 아내로서의 삶을 포기하고 자신만의 삶을 추구했다는 것은 아니다. 어머니와 아내로서의 역할을 다하면서도 스스로에게 자신만의 삶을 요구하였다는 말이다.

일인다역을 하며 살아가야 하는 데에 현대 여성의 고민이 있다. 수필가 마순연도 그러한 고민에서 예외는 아니었다. 그러나 우선순위는 자기 자신보다 어머니와 아내, 즉 주부로서의 삶에 있었다. 주부로서의 역할을 어느 정도 마무리할 단계에 이르러서야 그동안 꾹꾹 눌러놓았던 자기 자신을 찾아 나선 것이다. 그때의 감격을 첫 수필집 《특별한 인연》의 머리글에서 "주부의 품 안에서도 바람이 일기 시작했다. 햇볕과의 조우다. 집 밖의 햇살이 더 아름답다는 걸 알았다."라고 표현하고 있다. 세상 밖의 아름다운 햇살은 어머니나 아내로서의 영역을 벗어나서 만날 수 있는 또 하나의 세상이다. 마순연에게 수필 쓰기란 바로 그곳에서 만난 자신과의 조우이며 자아의 발견인 셈이다.

2. 언어 운용의 방식

수필의 언어는 일상의 언어와 가장 많이 닮았다. 화자와 청자 사이의 정확한 의미 공유를 통해서 이루어지는 일상의 언어가 작가와 독자 사이의 공감을 통해서 이루어지는 수필에서도 거의 그대로 운용된다. 수필은 근본적으로 대상을 있는 그대로 전달하려고 하면서 객관적인 통찰에 이르고자 하는 장르이기 때문이다. 대상을 정확하고 분명하게 전달하기 위해서는 일반적이고 정상적인 언어 운용 규칙에 따르는 것이 최상의 방법이다.

그런 점에서 수필의 언어는 리처드(I.A.Richards)에 의해 정의된 '과학의 언어'와도 다르지 않다. 언어의 과학적 사용에서는 하나의 언어가 어떤 개념을 정확하게 전달하여, 하나의 사물만을 지시하도록 하는 것을 목적으로 삼는다. 과학의 언어는 누구가 보아도 동일한 것을 지시하고 있다는 것을 인식할 수 있도록 객관적이어야 한다. 그러므로 언어기호와 대상은 1:1의 등식관계를 지니게 되는 것이다. 그래야만, 대상의 사실성事實性을 최대한 객관적으로 드러내어 그 진실에 도달할 수 있다.

마순연은 수필 쓰기에서 이와 같은 일상어의 운용 방식을 그대로 활용한다. 비유의 문장을 억지로 만들어내는 수사적 만용도 부리지 않고, 미려한 문장을 구사하려고 형용사나 부사를 수식어로 덕지덕지 덧씌우는 언어의 남용도 하지 않는다. 정상적인 용도의 일상어가 지닌 규칙을 파괴하지 않고서도 세계의 인식에 도달하려고 애쓴다. 마순연의 수필이 독자들에게 아주 수더분하게 다가오는 것은 무엇보다도 이러한 언어 운용 방식에 기인한다. 또한 그러한 방식의 언어 운용은, 있는 그대로의 모습을 드러내어 충실히 전달하는 데에 치중하고자 한 창작 의도의 반증이기도 하다.

경험의 세계를 작품에서 그대로 드러내기 위해서는, 일상의 논리에 의해서 그 세계의 본질에 접근할 수 있도록 표현할 수밖에 없다. 그런 논리는 일상어 운용 방식에 의해 최적화된다. 교술 장르를 설명하는 조동일의 말을 빌리자면, 실제적 세계가 일상의 논리와 언어에 의해 있는 그대로 인식되듯이, 교술에서는 작품외적 세계의 고유한 의미가 굴절되지 않고 보존된다. 마순연의 수필이 대부분 그러하다. 그의 수필이 이와 같은 교술적 속성에 저항 없이 따르고 있는 것으로 보아, 수필에 대한 작가의 장르의식은 매우 선명하다.

마순연은 함축적인 언어 운용으로 서정성을 추구할 만한 작품에서도 일상적 사고와 언어로 대상을 설명한다. 〈마늘 장아찌〉에서 마늘이 자식을 품고 사는 어머니의 이미지를 드러낼 수 있도록 함축적 언어로 표현할 수도 있는데, 마늘의 모습과 어머니의 삶을 견주면서 서로 닮은 사실을 일상의 언어로 설명해 내고 있다. 〈오후 다섯 시와 여섯 시 사이〉에서 '오후 다섯 시와 여섯 시 사이'는 하루의 일과를 마치고 여유를 즐길 수 있는 시간이면서, 삶의 의무를 마무리하고 비로소 자신만의 여유를 누릴 수 있는 시기의 인생을 의미하도록 함축적으로 표현할 수도 있지만, 그러한 의미를 설명한다. '마늘'이나 '오후 다섯 시와 여섯 시 사이'가 작품화 되어서도 '어머니'나 '인생 여유기'로 전환되지 않고 본래의 의미를 유지하고 있는 셈이다. 환유의 원리가 아니라 은유의 원리로 대상을 표현하고 있다는 말이다. 다시 조동일의 용어를 빌리자면, 이들 수필에서는 작품외적 세계의 전환표현인 '세계의 자아화'가 나타나지 않고 '자아의 세계화'에 의한 비전환표현이 존재할 뿐이다.

수필가 마순연은 줄거리를 지닌 짧은 이야기를 작품에 끌어들인 작품도 제법 여러 편 썼다. 〈어떤 동거〉, 〈코리안 드림은 끝나지 않았다〉, 〈특별한 인연〉, 〈봄의 왈츠〉, 〈선산과 수수떡〉이 이에 해당한다. 그러나 스토리를 갖춘 소재를 동원했지만, 그것을 전달하는 방식은 그리 서사적이지 않다. 이들 가운데 형상화의 극점을 보여주는 〈어떤 동거〉와 〈코리안 드림은 끝나지 않았다〉를 제외하고는 서사의 주된 표현 방식인 묘사적 진술보다는 설명적 진술로 이루어져 있고, 스토리가 작품의 일부분으로 삽입되어 있기 때문이다.

마순연의 수필은 이처럼 교술문학의 본질적 속성에서 한 치라도 벗어나지 않는다. 대상을 일상의 언어로 자세하게 드러냄으로써,

대상의 본질에 이른다. 그래서 작품을 힘겹게 해석하려고 애쓰지 않고, 언어가 전달하는 그대를 읽어내는 것이 마순연의 수필을 제대로 이해하는 길이다.

3. 진정성 추구의 특별함

수필을 읽다가 보면 반드시 의미를 부여해야 한다는 강박관념에 사로잡혀서 아전인수 격으로 해석을 덧붙이는 작품들을 흔히 본다. 이런 작품은 내용이나 형식에서 수필 장르로서의 온전한 모습을 갖추고 있음에도 불구하고 매우 부자연스럽게 느껴진다. 억지로 해석한 탓에 진정성이 없어 보인다. 수필의 미적 가치는 내용을 구성하는 '경험과 사유'의 진정성에 달려 있다. 형식의 아름다움은 진정성 다음의 미적 가치이고, 그것 또한 진정성에 뿌리를 둘 때만이 진정으로 아름다운 것이다. 구성을 아무리 잘 짜 맞추고 문장을 아무리 예쁘게 꾸미더라도, 작품의 진정성이 부족하면 그 아름다움은 잠시의 시선을 끄는 데 그칠 것이다. 구성이 정연하지 못하고 문체가 거칠어도, 작품의 진정성이 느껴지면 매력이 넘쳐나기 마련이다. 수필의 진성성은 사람으로 친다면 생기와도 같은 것이다. 아무리 못생겨도 아무리 너저분하게 차려 입어도 생기가 넘치는 사람은 매력

적이다. 조화로운 구성을 따지고 미려한 문체를 논하는 따위의 평가는 수필의 진정성보다 우위에 설 수 없다. 과장되지 않은 진정성은 수필의 원초적 생명력이다.

마순연은 제재로 삼은 사실이나 경험에 보편적 의미를 부여하기 위해 견강부회하는 해석의 무리를 범하지 않는다. 해석보다는 기록에 치중한다. 사유 중심의 수필보다는 경험 중심의 수필 쓰기를 하고 있다. 관념적 해석에 무게 중심이 쏠리면 사유 중심의 수필이 되고, 사실의 기록에 치중하면 경험 중심의 수필이 되는데, 이치에 맞지 않는 해석을 억지로 덧붙이는 것은 글감을 날것 그대로 기록하여 전달하는 것만 못하다. 억지 해석은 설득력을 얻지 못할뿐더러 수필의 진정성을 오히려 해치기 때문이다. 수필 창작에서 억지로라도 의미 부여를 해야 할 필요는 없다. 교술의 특성상 수필은 사실이나 경험의 기록만으로도 제 역할을 하고 있기 때문이다.

그렇다고 하여, 마순연의 모든 수필이 의미 없는 경험의 나열로 이루어져 있다거나, 의미를 구체적인 형상 속에 함축하고 있는 형상화의 극점을 보여주고 있다는 말은 아니다. 수필집 표제작인 〈특별한 인연〉이나 〈항변〉, 그리고 〈코리안 드림은 끝나지 않았다〉나 〈어떤 동거〉 등은 보여주기 방식의 진술을 통해 형상화의 극점을 드러낸 작품이다. 나머지 대부분의 작품은 경험을 전달하면서 작가의 고유한 목소리를 표면에 드러내는 말하기 방식의 설명적 진술로 이루어져 있다. 이런 경우에는 화자가 일반화를 위한 해석을 하거나 도덕적 관찰을 하기 위하여 수많은 언어를 늘어놓기 마련인데, 마순연의 수필에서는 작가의 이와 같은 목소리가 최소화되어 있다.

〈햅쌀밥〉을 그 단서의 하나로 삼아볼 만하다. 이 작품은 크게 네 토막으로 이루어져 있는 수필이다. 첫째 토막에서는 햅쌀밥의 윤기 도는 모습, 구수한 맛, 매끄러운 촉감을 통해 살아가는 힘을 느낀다고 했다. 둘째 토막에서는 볍씨가 싹을 틔우고 이식되어, 비바람을 견디며 살아가는 어려움을 깨닫는 성장을 거치며, 일교차로 단맛을 머금고 탱탱하게 여물어 추수를 맞이하게 되는 과정을 다소 서정적인 목소리로 진술했다. 벼의 성장 과정을 시간 순서대로 진술하지 않고 시간의 역순으로 배치한 것이 특이하다. 햅쌀이 되기까지의 과정을 역추적함으로써 그것의 존재적 가치를 암묵적으로 말하기 위한 묘법이라 여겨진다. 셋째 토막에서는 햅쌀밥을 하는 첫날, 어머니가 햅쌀밥을 먹게 해 준 고마움으로 성주신에 감사의 제를 드리고 정성을 다하여 차려 준 밥상에 덥석 다가가 맛있게 먹었던 기억을 떠올렸다. 넷째 토막에서는 어머니가 보내온 햅쌀로 정성스런 밥상을 차리고 가족들이 마음속으로나마 감사해 하며 먹기를 바랐으나 모두 뜨악한 표정을 짓는다고 하였다. 이 작품을 의미의 덩어리로 다시 나눈다면, 크게 두 부분으로 갈라진다. 첫째에서 셋째까지가 한 부분이고, 넷째가 다른 한 부분이다. 앞부분이 햅쌀밥의 가치를 드러내는 덩어리라면, 뒷부분은 그 소중함을 느끼지 못하는 가족의 모습을 그렸다. 요즈음 사람들은 햅쌀밥의 소중함에 감사할 줄 모른다는 도덕적 목소리를 직설적으로 드러낼 법한데도 작가는 끝까지 인내한다. 그런 교훈적 주제를 헤아리는 것은 온전히 독자의 몫으로 남겨둔 셈이다.

엄밀히 따지자면, 어떤 사실에 대한 윤리적 평가는 수필적 퍼스나의 언어로서 작가의 가면이다. 마순연은 그러한 윤리적 언어의 가면을 과감히 벗어던진다. 여기에 마순연의 수필이 보여주는 진정성과 특징이 있다. 따라서 윤리적 목소리에 틈입되어 있는 과장된 감정의 흐름도 없고 지식의 현학적인 범람도 나타나지 않는다. 마순연의 수필이 지닌 진정성은 윤리적 목소리를 절제한 날것의 순수함에서 우러나온다고 할 수 있다. '있어야 할 것'에 목소리를 높이는 것이 아니라 '있는 것'을 충실히 드러내고자 하는 마순연의 수필 창작 특성이 여기서도 입증된다.

4. 사회적 양심의 표출

마순연이 수필 창작에서 윤리적 판단이나 보편적 의미화를 가급

적 절제한다고 해서, 작가의식이 무디거나 문제의식이 나약하다고 말할 수는 없다. 그의 수필에는 사회적인 문제를 들춰내고 있는 작품이 상당수에 이른다는 사실만으로 그렇지 않다는 반증이 된다.

여류작가들의 첫 수필집은 대체로 가족과의 관계를 다룬 작품들로 채워지기 마련이다. 일반적으로 자식에 대한 사랑과 양육 과정에서의 번민, 남편과의 불협화음과 포용, 며느리로서의 의무와 갈등 같은 주제를 다룬 작품들이 대다수를 차지한다. 그런데 마순연은 이러한 일반적인 경향과는 다른 면모를 보여준다. 그의 수필이 다루는 문제는 어느 한편에 편중되어 있지 않는다고 할 만큼 매우 다양하다. 그 다양성 속에 그나마 작가의 특별한 관심이 쏠려 있는 것이 있다면, 비정상적인 사회에 대한 관심이다. 작가이면서 사회적 소시민으로서 살아가는 마순연은 의식 속에 잠재되어 있는 사회적 양심과 정의를 결코 외면하지 않는다.

여성의 미적 가치를 몸매의 가냘픔에 두고 과도한 다이어트를 일삼는 현대 사회의 통념을 은근히 지적한 〈그 쓰잘데기 없는 것〉, 사회적 불신이 초래한 비인간적인 소통에 대한 답답한 심정을 드러낸 〈서로에게 길을 묻다〉, 홈쇼핑을 하는 것과 대통령 선거판을 비견하고 대통령도 반품하거나 교환할 수 있다면 국민을 기만하는 공약을 남발하지 않을 것이라면서 그러한 헛된 공약에 현혹되지 말아야 한다고 말하는 〈홈쇼핑〉, 기계 의존성에 길들여져 인간 주권을 상실해 가는 현대인의 모습을 설파한 〈인간 로봇〉, 남편의 폭력을 견디지 못하고 고국으로 돌아가는 어느 외국인 여성의 불행한 삶을 형상화한 〈코리안 드림은 끝나지 않았다〉가 그런 작품들이다. 그 외에도 〈로마에 가면 로마법을〉에서는 해외여행의 에티켓을, 〈원 달러〉에서는 캄보디아의 사례에 빗대어 사회적 공인의 부조리를 꿰뚫어 본다. 〈군자란 이사하다〉는 생명체의 존재를 무시하는 인간의 오만함을 비판한 작품이다.

이런 작품들에서 작가 마순연이 대단한 이념을 가지고 사회적 모순을 날카롭게 비판하거나 풍자하고 있는 것은 아니다. 그의 수필이 그런 앙가주망을 보여주지는 않는다. 마순연이 지닌 비판의 목소리는 그리 높지도 앙칼지지도 않다. 사회나 정치의 불순함, 나아가서는 인간의 모순을 비판적 시선으로 바라보되, 날카로운 칼날을 내밀지는 않는다는 말이다. 그것은 작가가 평범한 소시민으로서의 순수한 양심을 잣대로 삼아 현실을 바라보고 있기 때문이다. 호들갑스럽지 않은 마순연의 무던함이 현실 사회를 읽어내고 바라보는 시선에서도 잘 드러난다.

문학은 궁극적으로 인간의 본질적 존재나 삶의 이치를 추구한다. 그런 점에서, 대부분의 수필이 자아의 내면 지향적인 경향에 편중되어 있다. 탈정치적이고 탈사회적인 것을 문학의 순수성으로 생각하며 서정 수필만이 진정한 문학으로서의 자격을 갖추고 있다는 편견에 사로잡힌 결과이다. 그러나 수필의 본질을 오해한 채, 사회와 정치 현실에 대한 관심을 배척하는 것은 바람직하지 못하다. 삶의 환경조건인 사회에 대한 관심을 드러내는 것도 인간 존재를 궁구하는 일에 해당할진대, 그것을 외면하는 것은 일종의 현실 도피이다. 그리고 문학의 사회적 기능이나 수필의 계몽성을 부정하지 않는다면, 사회나 정치 문제를 외면해서는 안 될 것이다. 그런 점에서 수필가 마순연이 지향하는 사회적 양심은 매우 순수하고도 건전하다.

5. 자기 내면과 수다 떨기로서의 글쓰기

마순연은 수필 쓰기를 자기 내면의 것들에 대한 수다 떨기라고 말한다. 수다란 반드시 해야 할 말도 아니며 조리 정연할 필요도 없다. 실속 없이 말만 풍성한 소통 방식이다. 그러나 이 인식이 작품 구성의 응결성이나 주제의 응집성을 상관하지 않는다는 말로 들리지는 않는다. 자신의 내면과 마주하면서 그 내면의 웅성거림을 자유분방하게 밖으로 드러낸다는 생각을 이렇게 표현했을 것이다. 수필 쓰기에 대한 이러한 판단은 어쩌면 아주 적합한 인식이다.

〈밥 한 그릇도〉에서는 자신의 수필집이 폐지로 버려져 "누군가의 한 끼 밥 한 그릇도 되지 못할 것" 같다는 말을 스스럼없이 하고 있다. 첫 수필집을 세상에 내어 놓는 데 대한 두려움을 말하고 있는 것이다. 자신의 수필이 어설프고 서툴다는 겸손을 이렇게 표현했다고 읽을 수도 있다. 자신의 수필에 대한 진단과 비판적 성찰은 겸손이기도 하겠지만, 작가적 자의식의 발로에 기인한 각성이다. 그동안 써온 수십여 편의 작품을 정리하여, 첫 수필집인 《특별한 인연》으로 상재하는 과정에서 얻어지는 작가의식의 성장인 것이다. 자신의 작품을 바라보는 안목이 그만큼 성장했다는 의미이기도 하다.

작가에게는 얼마나 수준 높은 작품을 창작하느냐의 문제도 중요하지만, 창작활동을 얼마나 성실히 지속해 가느냐 하는 문제가 더욱 중요하다. 수필가 마순연의 두 번째 작품집에는 보다 성숙된 작품들이 가득 채워지리라 믿는다.